ORIANOR

Épisode 4 · La marche des ombres

ORIANOR

Épisode 4 · La marche des ombres

Jean Avril

CIMA

ISBN 978-2-924077-03-0
© Jean Avril, 2015

Dépôt Légal :
Bibliothèque et Archives nationales du Québec
Bibliothèque et Archives Canada, 2015

Cima Éditions
www.orianor.com

Pourquoi vous égarer dans un labyrinthe,
alors que la voie à suivre est simple et droite?

Mer Ishmane

Baie
miroir

ALAM-HER

Rivière Éolam

Monts des confins

Her-Ar

Céless

Mal-Passe

Crohm

ENDRIEL

Riv. Célestine

Ess-Haera

Baie
d'Éolam

E   L

Grande
muraille
d'Endriel

Éhovalon

Mer
d'Oriane

Marches
Géan

ISHMA

Détroit des premiers hommes

Vaalor

Lacs rouillés

shmiac

Lac Kador

KA-DANTH

ALSAMA

laines ambrées

Cyana

DAÏ-CIMA

ANA

ESKANI

Méroé

Rivière Oriniate

GASKANI

Van-Jarinn

Rihel

Baie de Jarinn

LOTHMAR

éloth

Girssel

ANSMAR

Olvina

Mer

Élionne

Résumé des aventures précédentes

Uriss, roi déchu du Lothmar, est enchaîné à Kaïn, le meurtrier de sa femme, la reine Méliore. Condamné à l'esclavage sous le fouet des rakhanes, il tente s'accrocher aux souvenirs de sa vie passée, alors que l'influence de la Montagne Noire menace de le transformer en l'ombre de lui-même. Déjà, il ne se souvient même plus de son propre nom…

En Endriel, dernière contrée du monde libre, c'est les retrouvailles pour Kahel et sa fille Iridia, après une longue séparation. Avec Blanc, Akar, Jad et Raygone, ils se tournent maintenant vers la menace qui pèse sur le royaume : au-delà de la grande muraille, les troupes nammoréennes s'accumulent au Lothmar, comme les nuages d'un orage prêt à éclater.

Pendant ce temps, très loin au nord, un chevalier solitaire a traversé l'océan de neige. Vanor arrive enfin à sa destination : Valhom, le Premier Temple.

Chapitre premier

Valhom

La voix de Vanor, l'Éveilleur, s'envola à la rencontre du flot de lumière aveuglante :

— Ils sont de nouveau réunis, marchant côte à côte sur le même sol, comme cela ne s'est pas produit depuis longtemps…

— Oui, mais cela ne durera qu'un temps, lui répondit la voix masculine d'Elcyan. Vois, leurs chemins se sépareront bientôt.

Devant l'Éveilleur, les fils de lumières multicolores se croisaient pour former un nœud; c'était des milliers de petits filaments qui s'y joignaient. Le nœud vibrait et étincelait, projetant de puissants rayons. Des images apparaissaient dans les radiations, on y voyait Kahel, Blanc et Iridia, ainsi que Jad, Raygone et Gahijo. C'était un évènement qui avait fait naître beaucoup de joie: les retrouvailles sous le ciel de Céless.

Vanor observait le parcours que les fils suivaient, la vision se déroulait dans une grande sphère cristalline. Près de celle-ci, douze figures lumineuses se tenaient debout, en demi-cercle. Chaque Ivatars portait un vêtement d'une teinte bien précise, qui vibrait dans le flot de lumière blanche provenant d'une source située derrière eux. Toutes les couleurs de l'arc-en-ciel étaient présentes et elles se répandaient dans la vaste salle. Douze colonnes translucides, formant un cercle, s'élevaient dans la lumière iridescente qui les entourait de toutes parts.

L'assemblée gardait les yeux rivés sur ce qui se déroulait dans la sphère. Au sortir du premier nœud, la myriade de fils suivit un instant un chemin parallèle, puis ils rencontrèrent un autre nœud, à la suite duquel ils se divisèrent de nouveau, comme l'avait mentionné Elcyan.

— C'est ainsi que cela doit être, ces esprits y sont préparés, fit la figure dorée d'Oriane; sa voix était d'une pureté supraterrestre.

— Ce sont des évènements auxquels tu es appelé à participer, ajouta Elcyan, de son intonation riche et profonde; cet Ivatar vibrait dans un bleu azur.

Cette annonce n'étonna pas Vanor. Depuis un temps, il sentait qu'il devait retourner à Céless. Les fils du destin avaient déjà commencé à l'attirer vers la Cité aux sept splendeurs. En l'espace d'un instant, il puisa dans le regard d'Elcyan tout ce qu'il avait besoin de savoir pour cette nouvelle mission.

— Je retournerai donc parmi eux, vers ces esprits que j'ai déjà si souvent croisés, affirma l'Éveilleur d'une voix claire. Pour la dernière fois sur Orianor, car le Grand Cycle arrivera bientôt à sa fin. Les astres s'aligneront sous peu...

Vanor regarda de nouveau les fils lumineux. Il vit de plus en plus de filaments apparaître, car la vision se déroulant dans la sphère s'élargissait toujours, jusqu'à englober les fils du destin de l'humanité entière. Les innombrables filaments se réunissaient tous en un même point. C'était un ultime nœud, un évènement qui réunirait tous les humains: un point de non-retour, après lequel tout devrait changer, dans la joie ou la détresse. Vanor observa le nœud, des images floues de cet ultime évènement lui parvinrent... juste avant que la vision disparaisse.

— Rien n'est encore fixé, fit la figure argentée d'Héranie, réconfortante.

— Les éléments se rencontrent, les combinaisons se cherchent, ajouta Izilin, avec une voix plus pointue que celle d'Elcyan. Tout est compté : chaque élan, chaque geste, chaque désir, chaque pensée... qui peut prévoir le résultat de l'équation ? La silhouette élancée d'Izilin était revêtue d'un jaune vif, son regard était perçant. L'Éveilleur le soutint un moment, puis il retourna à la sphère radiante. De nouveaux fils parurent. Ceux-ci étaient sombres, car Vanor s'interrogeait sur le destin d'Uriss et de Kaïn. L'enchaînement inextricable de nœuds obscurs semblait ne pas avoir de fin...

Soudainement, à l'un des croisements, émergèrent des fils lumineux, qui s'éloignaient du parcours sombre qui se poursuivait. Vanor eut un sursaut de joie, car cela démontrait que les deux esclaves avaient la possibilité de s'en sortir.

— Bientôt, une décision importante devra être prise, commenta Elcyan. Ce sera l'occasion de suivre une voie nouvelle, la possibilité de briser le cycle de la haine qui les enchaîne depuis des millénaires.

— Je suis certain qu'Uriss fera le bon choix, dit Vanor avec conviction. Il est devenu ferme dans son vouloir pour le bien, même si la haine et la colère peuvent encore l'obscurcir.

— Uriss est ferme, répondit sans détour Elcyan. Par contre, ce choix, ce n'est pas lui qui devra le faire, mais Kaïn.

Un torrent de silence passa sur l'assemblée.

— Souhaitons que les souffrances endurées à So'Ghol aient réussi à briser la carapace entourant son esprit..., conclut Vanor.

Unis dans une même intuition, ils souhaitèrent au duo d'esclaves le courage qu'il fallait pour s'engager sur ce nouveau chemin. À la suite de ce recueillement, l'Éveilleur leva de nouveau la tête :

— Le moment est venu pour moi de retourner vers les hommes.

Le regard de Vanor passa sur l'assemblée des Ivatars, une vision qui l'emplissait d'une joie sans bornes. Il savait que ce n'était que l'image de ces êtres sublimes, il n'aurait pas supporté de se tenir directement devant Ceux qui sont Vertu et Puissance. Un à un, l'Éveilleur les salua, et ceux-ci lui répondirent en lui transmettant des forces vives. Le messager, qui parcourait le monde depuis des millénaires, se sentit rajeunir, prêt à affronter de nouveau les ombres qui peuplaient Orianor.

Pour clore l'assemblée, tous se tournèrent vers la source de lumière vibrante, devant laquelle les Ivatars eux-mêmes ne pouvaient que baisser les yeux.

◆

Vanor ouvrit les yeux. C'était comme entrer dans un rêve.

Il se tenait debout au centre d'une plateforme circulaire, ceinte de douze colonnes : Valhom, le premier temple. Une étoile était gravée sur le sol, dont chaque pointe allait toucher l'un des piliers. La construction de pierre était de taille beaucoup moins imposante que le temple qu'il venait de quitter ; ce n'était qu'une bien modeste reproduction.

Les colonnes, très hautes, ne soutenaient aucun toit ; au-dessus d'elles ne résidait que la voûte du ciel. En dehors du cercle, ce n'était qu'un champ infini d'étoiles. Au sommet du Mont Silencieux, il faisait toujours nuit. Le jour ne s'approchait pas du toit du monde.

Vanor resta immobile, à s'imprégner de ce qu'il venait de vivre. Aucun souffle de vent ne touchait sa toge grise. La béatitude ne le quittait pas, elle restait sur lui comme un parfum exquis qu'il respirait à chaque souffle.

Les grands voiles diaphanes des aurores boréales s'animaient au-dessus du temple, en plongeant vers le sommet de la montagne solitaire. Combinée à l'immense arc des étoiles, panorama des confins de l'univers, la symphonie de radiations était le plus beau spectacle que l'on pouvait voir sur Orianor.

L'Éveilleur devait quitter cet endroit sublime, pour retourner dans le monde. À chacun de ses pèlerinages à Valhom, le premier pas du retour était le plus difficile…

Il posa un pied sur la première marche, puis sur la deuxième. Son amour pour les humains le poussait vers l'avant, c'était la seule force assez puissante pour l'amener à retourner dans le fief des ténèbres. Combien d'hommes au regard noir, combien de monstres difformes allait-il de nouveau croiser ? Les millénaires avaient passé et ils étaient toujours plus nombreux…

Le long escalier était taillé dans la pierre. Il descendait en ligne droite, vers la mer de neige immaculée qui reflétait le scintillement de la voûte étoilée. Le froid cernait ce lieu comme une barricade de glace, et pourtant il ne s'approchait pas de cette montagne qui était l'axe du monde.

Chaque marche rapprochait Vanor de la base de la montagne; parallèlement, ses préoccupations devenaient de plus en plus terrestres. Il s'inquiétait du sort de l'Endriel. Qu'allait devenir l'humanité, si ce dernier bastion tombait ? La relever serait presque impossible… Malgré ces pensées, l'espérance ne pouvait pas quitter Vanor. Il était né de l'espoir des Ivatars envers les humains et cet espoir était son cœur battant, même un poignard ne pouvait en retirer la vie.

Il descendait de nouveau vers le monde, et les milliers de marches passaient sous ses pieds. Pendant ce temps, au-dessus de sa tête les astres tournaient, en engrenant leurs cycles à l'intérieur du Grand Cycle. Les planètes scintillaient, chacune de sa propre couleur. À partir du Mont Silencieux, on pouvait clairement les voir. À la fin de cette époque, elles allaient être toutes alignées; cet évènement s'appelait l'Alignement de la Lance. Il s'agissait de la conjonction la plus rare, la plus puissante – et, pour ceux qui n'y étaient pas préparés, la plus terrifiante.

Vanor s'arrêta un instant, il songea à quel extraordinaire évènement cela allait être, et cette pensée l'accapara tout entier. L'avancée des astres était inéluctable. Durant ces quelques secondes, il lui sembla même avoir vu les planètes s'approcher encore plus l'une de l'autre… il devait se hâter !

À la base de la montagne, deux hommes l'accueillirent – sans un mot, comme toujours. C'étaient les gardiens des lieux, des êtres d'exception provenant d'Almery, la cité cachée au cœur de l'océan de neige qui entourait le Mont Silencieux.

Ils s'inclinèrent devant Vanor. Les paroles étaient rares, car rien ne devait troubler la paix du lieu. On ne souhaitait qu'entendre la musique sublime qu'apportait sur terre la lumière des étoiles.

Les deux hommes portaient de fines lances de métal. Ils avaient fière allure, avec leurs longs manteaux indigo, leurs cottes de mailles étincelantes et leurs casques pointus. Les gardiens avaient appris à ressentir en intuition ce que voulait l'autre, avec une précision qui ne pourrait jamais être atteinte avec des mots. Le regard de Vanor suffisait. D'un pas assuré, ils escortèrent l'Éveilleur vers sa monture. Celui-ci perçut toute la tristesse que ces hommes tentaient en vain de masquer : Almery, la Cité Immaculée, était tombée peu de temps auparavant. Pendant qu'ils se trouvaient ici, impuissants, leurs proches vivaient sous le joug des rakhanes. Les gardes attendaient que vienne un vaisseau des neiges qui pourrait les ramener à la cité. Mais, la relève tardait. Peut-être ne viendrait-elle jamais… peut-être étaient-ils les derniers gardiens du Mont Silencieux.

Le petit groupe traversa un ensemble de modestes habitations, constituées de dômes faits en pierres de taille. Une poignée d'hommes se joignirent à eux le long du chemin, pour saluer le départ de l'Éveilleur.

Eldoyann sentit son maître approcher, il s'avança vers lui au trot. Une douce lumière, visible seulement par les plus sensibles des humains, émanait de la marque argentée au front du cheval blanc. C'était le signe qu'il n'était pas un animal comme les autres, sa légende avait traversé les continents, comme celle de son maître. Eldoyann ne portait ni rênes, ni selle. Ce n'était pas nécessaire, car lorsque Vanor le montait, ils ne faisaient plus qu'un. Il pouvait galoper des jours sans se fatiguer, en regardant se succéder les paysages et les âges.

Quand il fut près de Vanor, l'animal s'accroupit afin de le laisser monter. Ensuite, l'un des gardiens tendit à l'Éveilleur un bâton, au sommet duquel était inséré un cristal d'édama. La façon dont elle était jointe au bâton était particulière : le bois avait grandi autour du cristal d'édama, en l'enserrant de ses fibres. Sur le bâton, il y avait quelques bourgeons, signe que le bois était toujours vivant.

Le messager et sa monture se tinrent devant les fidèles gardiens de la montagne. Face à la chute d'Alméry, Vanor voulut les réconforter. Mais, il vit dans leurs yeux qu'ils ne souhaitaient rien pour eux-mêmes. Au contraire, toutes leurs pensées allaient vers les autres, alors qu'eux-mêmes se sentaient privilégiés de résider en ce lieu protégé. L'Éveilleur vit les souhaits des gardiens s'envoler vers Alméry, vers Céless, vers le monde… C'étaient des chevaliers de lumière qui s'élançaient sur la route des étoiles, des porteurs de courage ; et des dames ailées, dont les chants avaient le pouvoir d'apaiser les âmes.

Vanor sut que ces nobles gens n'avaient pas besoin de son aide et qu'ils continueraient, à leur façon, d'aider leurs frères et sœurs humains. Il sentait qu'il pouvait paisiblement prendre congé d'eux. Il leva la main pour les saluer, ils firent de même, en chœur. Comme tout en ce lieu, les au revoir se passaient de mots.

L'Éveilleur lança Eldoyann vers l'océan de neige, dirigeant son bâton vers le sud ; l'édama illumina le chemin. Il espérait gagner l'Endriel au printemps. Rapidement, le cavalier et sa monture atteignirent la limite du cercle où la neutralité de la montagne bloquait l'avancée du froid. Au moment où les sabots furent sur le point de toucher la neige, le vent se mit à souffler. L'air, jusque-là immobile, s'anima. Vanor et sa monture furent soulevés, légers comme un songe. Nul n'aurait pu traverser cette étendue à cheval, mais l'Éveilleur bénéficiait d'une aide inestimable. Partout où il allait, les élémentaux le soutenaient. En ce moment, c'était les médiateurs de la puissance du vent qui l'escortaient, alors qu'il cheminait vers le jour, vers les humains – vers ces êtres qui l'avaient si souvent rejeté, et qu'il voulait encore et toujours aider.

La marche des ombres

«La marche des ombres», voilà comment aurait pu s'appeler l'étrange suite de créatures vaguement humaines, vidées de leur contenu, que régurgitait la Montagne Noire. Deux saisons s'étaient écoulées depuis l'arrivée des esclaves de Rihel, et pas un n'était encore sorti des entrailles de So'Ghol.

Parmi les esclaves, Uriss plissait des yeux. À son arrivée sur le continent maudit, il avait jugé le ciel blafard d'une tristesse infinie. Maintenant qu'il sortait des sous-terrains, le peu de lumière qui réussissait à fuser à travers la couche permanente de nuages était devenu trop agressif pour son regard habitué à la pénombre.

En suivant ses compagnons d'infortune, il avançait les yeux mi-clos, ne sachant pas ce qu'on attendait de lui. Il était soumis à l'oppression des rakhanes, et c'était là toute son existence; le reste était couvert par le voile flou de l'oubli.

Depuis qu'il avait été fait prisonnier, ses bourreaux le maintenaient entre la vie et la mort, en le faisant danser sur un fil mince comme le tranchant d'une épée. Pour survivre, il avait dû se faire funambule. Il accueillait cette sortie comme une récompense pour avoir réussi à traverser l'impossible.

Le vent… le vent soufflait sur sa peau! La brise chassa le tintamarre des forges, qui résonnait encore dans le crâne d'Uriss. Pourtant, le vent soufflait très faiblement, mais l'homme plongea dans cette sensation, comme dans un océan. Il n'avait rien ressenti d'aussi doux depuis longtemps!

Des images des grandes forêts du Lothmar surgirent dans son esprit : des arbres majestueux frémissant dans l'onde sonore.

Est-ce que cela existait vraiment, ou était-ce le fruit de son imagination ? Il avait la vague sensation d'avoir déjà vécu près des arbres... Bien qu'il eut maintenant oublié ce qu'étaient ces grands panaches de beauté, l'image de cet élégant balancement, joint à l'azur du ciel, lui semblait familière. Il se rappela un instant le bruissement des feuilles et l'odeur des floraisons.

Intuitivement, il regarda vers le nord, aussi loin que son regard pouvait porter. La limite de son champ de vision était nettement définie : c'était le bord de l'immense cratère au cœur duquel s'élevait la Montagne Noire. Loin au-delà de cette ceinture, il y avait les arbres, et une terre encore vivante... Pourquoi en avait-il la certitude ?

Fascinée par cette vision, la figure amaigrie d'Uriss fit quelques pas vers le nord – jusqu'à ce que la rigidité de la chaîne le ramène à la réalité.

— Tu pars sans moi ?

C'était la voix acide et rocailleuse de Kaïn, qui l'avait regardé passer devant lui, comme un chat regarde trotter une souris prise entre ses pattes.

Uriss aurait voulu répondre simplement : « Oui ». Plutôt, il offrit à Kaïn un regard vide, dans lequel l'ironie du colosse s'engouffra sans laisser de traces. En un soupir, l'ancien roi reprit sa place dans le défilé humain qui sortait des bouches béantes de la montagne – et l'invitante verdure printanière fit place à la sempiternelle antipathie.

Les deux esclaves avaient oublié leurs noms et leurs passés. Ils ne se souvenaient plus comment ils s'étaient retrouvés liés l'un à l'autre, alors que la plupart des forçats allaient seuls. Cette chaîne était seulement un autre caprice cruel des rakhanes, pensaient-ils. Ou alors, avait-elle un rapport avec la sourde haine qu'ils éprouvaient l'un pour l'autre ?

Qu'importe… comme ceux qui les entouraient, ils étaient maintenant habitués à ce que les choses n'aient pas de raison d'être. Ils étaient liés depuis toujours, ils se haïssaient, c'était tout. Uriss et Kaïn avaient presque tout oublié de leur passé, et pourtant, ils n'étaient pas à So'Ghol depuis très longtemps. Ils ne pouvaient pas imaginer le vide qui habitait ceux qui étaient esclaves depuis des années.

La cohorte de captifs à la peau grisâtre avançait lentement, comme si elle devait lutter contre l'attraction du tourbillon de nuages centré autour du sommet de So'Ghol. Les prisonniers n'étaient manifestement pas pressés d'arriver à destination – quelle qu'elle soit, elle ne devait sûrement pas être une plage dorée ou un pique-nique dans l'herbe ! Les esclaves savaient que ce n'était certainement pas pour les récompenser de leur bonne conduite qu'on les sortait de leur prison de pierre. Avancer sous le fouet était le moindre des maux, comparé à tout ce que l'on pouvait vivre au Nammor'Ant. Les humains avançaient mollement, ahuris de se retrouver soudainement à l'air libre, après être restés si longtemps enfermés.

Le chemin qu'ils suivaient menait vers ce qui semblait être, au premier coup d'œil, une succession d'insectes géants : des monstres grotesques, dotés de longues antennes hérissées de pointes. En approchant, les prisonniers purent réaliser qu'il s'agissait en fait d'étranges chariots ; des chariots d'esclaves, que les rakhanes appelaient « kralls ».

On aurait plutôt dit des instruments de torture.

En arrivant devant ces choses biscornues, plusieurs des captifs éclatèrent en sanglots. Uriss et Kaïn se contentèrent d'une grimace de dégoût bien sentie. Les kralls possédaient quatre immenses roues de métal dentelées, dont un homme, bras étendus, suffisait à peine à couvrir la circonférence. Les roues encadraient une grande plateforme rectangulaire, faite de bois gris et bordée d'une rambarde métallique, qui servait au transport de matériaux. Dans ce cas-ci, c'était des armes : des épées, des haches, des lances, des flèches et d'autres instruments. Assemblé en paquets, le tout était déjà chargé et formait un monticule de fer hirsute sur la plateforme.

Ne voyant autour ni chevaux, ni buffles, ni autres quadrupèdes, les esclaves comprirent rapidement quel était le mode de propulsion de ces véhicules : c'était eux. Pour ce faire, les kralls possédaient deux bras grossièrement taillés dans des troncs d'arbres. Ils étaient articulés à la base, et de chaque côté une série de barres de fer étaient plantées. En position horizontale, les bras accueillaient deux douzaines d'esclaves afin qu'ils tirent et dirigent le chariot. En position relevée, comme ils l'étaient en cet instant, ils donnaient aux kralls l'air d'immenses insectes dotés d'antennes extravagantes.

Il y avait également un poteau au centre de la plateforme, tel un doigt inflexible. Le drapeau nammoréen – l'aigle-dragon affamé – flottait mollement au sommet de ce mât, comme si les forçats avaient besoin de se faire rappeler à qui ils devaient allégeance…

— Rrommflichrrch'érack'ténack ! éructa un rakhane, du sommet d'un des mâts.

Il était le chef de cette expédition et prenait son rôle au sérieux.

— Érack'ténack ! Érack'ténack ! Érack'ténack ! répétèrent à outrance les dégénérés qui le secondaient.

Le voyage promettait d'être long…

Des leviers furent abaissés et les bras destinés à accueillir les humains s'abattirent violemment, en un vacarme affolant. Le sol trembla et la poussière vola. Les captifs étaient paralysés par l'appréhension ; aucun d'eux ne bougea avant d'en être sommé par le fouet. Alors, chacun vint se placer derrière les manches de fer qui étaient joints aux bras des kralls. C'était comme s'installer dans un manège, avec le plaisir en moins.

Le convoi comprenait une trentaine de kralls. Il s'étendait tel serpent de chair pâle, de bois gris et de métal noir. Suivant les indications des gardes, Uriss et Kaïn durent aller à l'avant-droit du krall de tête; l'ancien roi fut posté devant le colosse. Il n'y avait pas de femmes et d'enfants avec eux : tirer les chariots était un «privilège» réservé aux hommes.

Parmi les esclaves devant lesquels prenait place Uriss, nombreux étaient les anciens sujets du temps où il régnait sur le Lothmar; mais il ne les reconnut pas, pas plus qu'eux ne le reconnurent. Anonyme parmi les anonymes, il ne se souvenait pas d'avoir été roi.

Au contact du bois dont étaient faits les bras du krall, Uriss eut de nouveau le souvenir fugace des arbres de son royaume natal. Il n'y avait plus de grands arbres depuis longtemps, au Nammor'Ant, ceux dont étaient faits les kralls provenaient d'Elcyana.

— Ar... bre... balbutia-t-il, comme un enfant qui prononce un mot pour la première fois.

La vibration du mot fit jaillir une succession d'images devant les yeux de son esprit. Érables et hêtres, sapins et mélèzes, pruniers et noyers, fruits amènes et fleurs chamarrées... c'était beau à en pleurer. L'homme ferma les yeux pour s'imprégner de la vision. Une larme frêle se perdit, le long du paysage asséché de son visage.

Soudainement, un tintement de chaînes le tira de son ravissement. Des rakhanes passaient dans les rangées d'esclaves, les monstres bourrus refermaient tour à tour des colliers de fer autour des cous des prisonniers de guerre. Les colliers étaient reliés à une longue chaîne semblable à celle qu'Uriss avait portée, lors de son arrivée sur le continent maudit.

Les hommes étaient enchaînés par groupe de six, et l'extrémité de chaque chaîne était enroulée autour d'une poutre située à l'avant de la plateforme. Une manivelle permettait de resserrer ou de relâcher les chaînes, selon le vouloir des gardes. Les rakhanes pouvaient alors donner du jeu de façon à permettre aux esclaves d'exécuter des travaux autour du krall, ou bien, s'ils étaient de moins bonne humeur, tendre la chaîne jusqu'à les étouffer.

Les monstres prirent un soin particulier lorsque ce fut le tour de Kaïn : une dizaine de gardes pointaient leurs lances vers lui, et un pauvre rakhane referma le large collier avec crainte. Il avait peur que le colosse lui sectionne un doigt en le mordant – ce qui était déjà arrivé à un de ses collègues, dans les forges. L'homme n'en fit rien, préférant conserver ses forces pour une autre occasion.

Uriss eut également le cou ceint d'un anneau de métal glacé. Des fragments de souvenir de son arrivée au Nammor'Ant lui revinrent, et il eut la vision d'un interminable défilé d'esclaves. Cela semblait si loin…

Le commandant du convoi monta sur un banc de bois rudimentaire à l'avant du krall de tête, juste derrière la poutre où étaient enroulées les attaches reliant les groupes d'esclaves de ce chariot. Tour à tour, il secoua brutalement les chaînes, en hurlant quelque chose qui était mi-rugissement de lion, mi-couinement de sanglier.

Péniblement, le convoi se mit en branle. Les cris d'agonie fusèrent de partout. Les hommes, le dos arqué, poussaient les barres de fer qui servaient de manches. Difficile de transmettre du mouvement à une masse aussi têtue.

Péniblement. Oui, c'était le mot.

La colonne de véhicules se dirigea vers l'est. Ils devaient livrer ces armes à Hr'Linn'Grinn, le plus important port du Nammor'Ant. Des armes qui, par le grand fleuve d'Elcyana, pénétreraient jusqu'au cœur du continent lointain, pour fournir les armées se préparant à envahir l'Endriel. Des convois de ce genre partaient de So'Ghol tous les jours…

Premier objectif: sortir de la dépression au centre de laquelle se trouvait la Montagne Noire. Les bords semblaient ne jamais s'approcher, même après des heures d'efforts et de sueurs fournis par les hommes pour faire rouler les monstrueux kralls. Le cratère était gigantesque...

D'ailleurs, comment ce cratère avait-il pu se former? Et comment une montagne avait-elle pu pousser en son centre? Uriss songeait à cela, avec le peu d'énergie qu'il pouvait encore consacrer à penser. «Une montagne au centre d'un cratère... ce n'est pas possible!», voilà la conclusion à laquelle il arriva, après une douloureuse réflexion. Rien de génial, cela ne faisait que confirmer ce qu'il savait déjà: la Montagne Noire n'avait rien de naturel.

Un pic qui s'élevait à une hauteur impossible, en s'enfonçant dans un tourbillon de nuages hostiles, ce n'était effectivement pas naturel! «Comment cela pouvait-il exister?» se demandait Uriss. N'avait-il pas reçu des enseignements dans sa jeunesse, concernant l'origine de cette montagne maudite? Oui... mais il avait tout oublié!

Rien d'étonnant, il ne se souvenait même plus de son propre nom.

Pendant que l'homme réfléchissait, une voix étrangère l'attaquait de façon insidieuse. «La Montagne Noire a toujours été là, dominante. Le monde s'est formé autour d'elle. Le monde lui appartient...» Ces pensées ténébreuses tentaient avec insistance de s'imposer à Uriss, mais il résista. Y croire, c'était mourir, et il était incapable de renoncer à vivre.

◆

Les kralls roulèrent, pendant deux jours, à travers les plaintes de la pierre grise, complètement insensibles à l'histoire et aux souffrances de ceux qui les tiraient. Les lambeaux d'hommes émergèrent finalement hors du cratère, sur un chemin qui avait monté en un zigzag interminable.

Les forçats eurent droit à une courte pause, leur permettant de goûter le nouveau paysage qui s'offrait à eux : rien d'autre que des collines pierreuses et des montagnes déchiquetées se lamentant sous la courbure du ciel. Le panorama était un soupir ayant pris forme, il n'y avait pas un soupçon de végétation en vue. Même le chemin que le convoi devait suivre semblait s'enfoncer à contrecœur dans cette désolation…

Un seul réconfort : pour les prochaines heures, le parcours allait suivre une pente descendante.

Le voyage vers le port de Hr'Linn'Grinn amena le convoi à passer près de la mine de fer qui alimentait l'insatiable faim des forges de So'Ghol. Le paysage qui s'offrit aux yeux des hommes n'était pas sans rappeler le cratère qui entourait la Montagne Noire. Sauf que cette fois-ci, le cratère était artificiel. Il avait été creusé – comme on creuse une tombe – par des siècles de labeur, des générations d'esclaves fardés de poussière.

Le pourtour de la dépression circulaire était sculpté en paliers, qui ressemblaient à un escalier pour géants. Au fond de ce gouffre, de minuscules points continuaient à creuser. Cherchaient-ils à atteindre le centre de la Terre ? Si c'était le cas, ils étaient bien près d'y arriver !

En suivant des sentiers escarpés, les fourmis humaines remontaient des tombereaux lourdement chargés de minerais. Les pierres fraîchement extraites étaient déchargées aux abords du cratère, et il y en avait une telle quantité que cela s'élevait comme une petite montagne.

Cette montagne était ensuite engloutie par d'immenses machines, pour être digérée et recrachée, afin de former de nouveaux amas, prêts à être transportés vers So'Ghol. Les engins étaient de véritables bâtiments, à l'intérieur desquels tout n'était que cacophonie, concassement et criblage. Ceux-ci consommaient tant de charbon qu'ils s'en revêtaient comme d'une seconde peau, semblable à une croûte de pain brûlée. Des rivières de fumée noire sortaient de leurs cheminées et s'élevaient en balafrant le ciel.

Le convoi dans lequel avançaient Uriss et Kaïn ne s'arrêta pas à la mine à ciel ouvert, il ne fit que la contourner. Au détour, les deux hommes pouvaient encore apercevoir la Montagne Noire, au loin. Sa présence malveillante ne les quittait jamais, et il était difficile d'en détacher le regard. So'Ghol était devenue le centre de leur vie, tout le reste leur paraissait étranger. Pendant quelques secondes, les deux esclaves hâtèrent le pas, afin de pouvoir retourner en elle le plus tôt possible… Puis, ils se ravisèrent – étaient-ils devenus complètement fous ? Avaient-ils déjà oublié toutes les misères endurées en ce lieu ?

Ils repoussèrent la main invisible de So'Ghol, en détournant le regard.

Ainsi, sous la domination de la montagne, le convoi poursuivit sa route. Les kralls ne devaient s'arrêter à la mine que sur le chemin du retour, avec un chargement de charbon en provenance de Hr'Linn'Grinn, pour ensuite repartir avec une cargaison de fer en direction de So'Ghol. Les chariots d'esclaves répétaient ce parcours depuis des siècles, en burinant chaque fois plus profondément la route.

Comme disaient les rakhanes : « Hrk'lork'mrr'ochlck'lork. »

Traduction : « C'est comme ça, parce qu'on a toujours fait comme ça. »

Et ce voyage ne s'annonçait pas différent des autres.

Jeu de miroirs

— C'est trop serré, dit Blanc.

— Mais non, cela vous va parfaitement, lui répondit Dassfodèle, d'une voix pincée.

— Je vous le dis, c'est trop serré!

— Mais non, mais non, je m'y connais. C'est bien ajusté, c'est tout. C'est la mode.

— Je ne pourrai même plus courir, ni grimper nulle part, ça va se déchirer.

— Vous n'aurez qu'à bouger un peu moins, c'est tout.

— Bouger un peu moins?

Blanc soupçonnait maintenant un complot destiné à le rendre moins turbulent... Pour quelle autre raison la gouvernante Dassfodèle voudrait-elle lui faire porter pareils vêtements? Il se satisfaisait bien des anciens, même s'ils commençaient à être trop petits. Cela faisait plus de six mois qu'il résidait à la Citadelle.

— Je croyais que je devais changer de vêtements parce que j'avais grandi, ajouta-t-il. Mais, ceux-ci sont encore moins confortables que les précédents. À quoi bon?

— Ils sont parfaits, rétorqua Dassfodèle, avec sa rigidité habituelle. Ils ont été taillés par le meilleur couturier de Céless. Il a pris lui-même les mesures, vous vous souvenez?

L'enfant se remémora le ruban à mesurer s'enroulant autour de lui, tenu par un inconnu à l'air rébarbatif; une expérience plutôt désagréable. Tout en boutonnant le col de la nouvelle chemise de soie blanche, la gouvernante ajouta:

— C'est magnifique! Le couturier a travaillé avec beaucoup de précision, comme tous les artisans de l'Endriel.

— Peut-être aurait-il pu être un peu moins précis, et laisser un peu plus de place dans mon pantalon, répondit l'enfant, qui essayait de descendre le vêtement en tirant sur l'entrejambe.

Pour toute réponse, Dassfodèle lui offrit un regard appuyé, la seule chose dont elle avait besoin pour imposer la discipline. De petites lunettes rectangulaires tombaient sur son nez; la dame était âgée et mince, tout dans son corps reflétait la rigueur de son caractère. Sa longue robe violette s'étalait par terre, alors qu'elle se tenait accroupie devant l'enfant.

— Vous êtes un prince et vous devez être vêtu comme un prince, c'est tout. Vous ne voudriez pas que les gens pensent que vous êtes un paysan!

— Les paysans sont chouettes! répondit Blanc en tentant de défaire le bouton de son col. Alors, je me fiche bien de leur ressembler.

— Surveillez votre langage, rétorqua la dame, d'un ton sans réplique.

Dassfodèle frappa légèrement les mains de Blanc pour arrêter son entreprise de déboutonnage. Ensuite, elle se leva, le prit par les épaules et le tourna vers le grand miroir, encadré de fioritures d'argent, qui trônait dans la chambre de la gouvernante.

— Voilà! Ne trouvez-vous pas ça beau?

La dame affichait un sourire qui contrastait avec le visage perplexe de l'enfant.

— Euh… non, répondit celui qui n'avait pas appris à mentir.

Son pantalon bleu et sa chemise blanche étaient si ajustés qu'ils bruissaient légèrement à chacun de ses mouvements.

— Peu importe, vous allez vous y faire, coupa sèchement la femme.

Blanc fit une grimace de dépit. Il chercha un argument pour réussir à se débarrasser de ces vêtements, tandis que Dassfodèle ramassait ses vieux vêtements pour les «donner aux paysans», comme elle disait. Ce fut à ce moment que Blanc aperçut dans le miroir le reflet de son ami. Le jeune enfant aux cheveux roux se tenait droit, dans l'embrasure de la porte de la chambre de la gouvernante; il s'annonça comme cette dernière le lui avait appris:

— Salutations à vous, fit-il en s'inclinant. Je viens demander la permission de jouer avec Blanc de Rihel.

— Gustin! s'exclama Blanc. Allez entre! Qu'est-ce que tu attends?

L'enfant resta parfaitement immobile, quelques longues secondes, jusqu'à ce que Dassfodèle prenne la parole:

— Vous avez la permission d'entrer, Gustin d'Almor.

— Merci à vous, dame Dassfodèle de Céless.

Mais, avant qu'il ait pu faire un pas, Blanc était déjà hors de la chambre.

— C'est enfin l'heure d'aller jouer! fit-il avec enthousiasme. Au revoir dame Dassfodèle!

— Attendez un peu, jeune garçon.

— Quoi? Vous aviez déjà dit que je pourrais jouer avec Gustin cet après-midi.

— C'est exact. Mais ce n'est pas une façon de prendre congé d'une dame.

— D'accord…

Il s'inclina légèrement. Ses vêtements bruissèrent, à un point tel que Gustin lui jeta un regard curieux.

— Je vous souhaite un bel après-midi, dame Dassfodèle de Céless. Je serai de retour pour mon cours de diction.

— Voilà qui est mieux. Et vous ne sortez pas des jardins.

— Nous ne sortirons pas des jardins.

— Et vous écoutez les consignes des gardes.

— Nous écouterons les consignes des gardes.

— Alors, vous pouvez prendre congé. Bon après-midi à vous, Blanc de Rihel et Gustin d'Almor.

— Merci! Tu viens, Gustin?

Sans attendre de réponse, Blanc détala dans le corridor. Gustin s'inclina timidement, puis le suivit. Dassfodèle n'entendit plus que le bruissement des vêtements tout neufs.

◆

Les terrasses de la Citadelle étaient une merveille. En ce lieu, on oubliait complètement que le bâtiment-cité avait été construit dans un but guerrier. Une quantité incroyable de terre y avait été transportée et le tout était irrigué par un ingénieux système de citernes distribuant l'eau de pluie. Les larges balcons, situés en hauteur, se succédaient en paliers se combinant de splendide façon. Au loin, le panorama de la Cité aux sept splendeurs s'étendait dans l'atmosphère ensoleillée. On ne comptait plus les plates-bandes et les arbustes d'espèces rares. À certains endroits, des arbres poussaient, ainsi que de véritables petits boisés! Les jardiniers, tel un essaim d'abeilles besogneuses, s'affairaient à remettre le jardin en beauté après l'hiver. Déjà, la végétation sortait de terre et certains arbres étaient en fleurs.

— Tout est si beau ici, commenta Kahel, on en oublie que le monde est en guerre…

L'ivatari suivait un sentier tracé à l'aide de pierres plates, il était en compagnie d'Akar et d'Iridia; la jeune femme cheminait entre son père et son grand-père.

Pora et Palo, les deux chiens de l'aîné, les précédaient. Akar les tenait en laisse, de peur que les bêtes piétinent les jeunes pousses; cela avait été la condition des jardiniers pour qu'ils acceptent de laisser les animaux se promener aux jardins. Palo tirait constamment sur la laisse, à l'affût du moindre mouvement. Un chat croisa la piste, comme pour le narguer. Il jouissait d'une liberté que Palo lui enviait grandement en ce moment !

Depuis l'arrivée de Jad, Iridia et Raygone, deux saisons étaient passées, sans que l'armée noire tente une attaque majeure contre l'Endriel.

— Avec la fonte des neiges, les rakhanes risquent de devenir plus actifs à la frontière, souleva Akar. Peut-être qu'ils ne se satisferont plus de quelques raids sans envergure.

— À mon avis, ajouta Kahel, ils attendent de recevoir des renforts des autres royaumes avant de tenter une offensive. L'hiver a sûrement ralenti le déplacement des légions vers Rihel, c'est la raison pour laquelle ils n'ont pas encore attaqué.

— Ou alors, ils attendent que So'Ghol engendre plus de nouveaux monstres, intervint Iridia, afin de recevoir des troupes fraîches.

— Oui, c'est peut-être cela, acquiesça Akar. Il ne serait pas intelligent de leur part de vider les autres royaumes de leurs guerriers pour les concentrer ici, cela laisserait les autres trônes susceptibles d'être repris par la résistance humaine ! C'est une erreur qu'ils ont déjà faite dans le passé.

— Les rakhanes apprennent… fit Kahel, c'est pour cela qu'ils vont attendre d'avoir une supériorité écrasante, avant d'attaquer. Ils ne veulent pas que la guerre s'éternise comme ce fut le cas au Lothmar. En attendant, ils ont fait de Rihel la nouvelle capitale du monde rakhane.

— Peu importe leur nombre, ils trouveront à qui parler, dit Akar. Nous avons l'armée la mieux entraînée de tout Orianor !

Sur cette dernière phrase, Palo se mit à japper avec enthousiasme. Il venait de voir une figure familière avancer entre les arbustes.

— Les terrasses sont populaires, aujourd'hui! commenta Akar. Nous avons l'honneur de croiser le prince Blanc de Rihel!

— Bonjour, bonjour et bonjour, fit le jeune garçon, en s'inclinant tour à tour devant les trois ivataris. Son manteau et sa chemise étaient ouverts, par-dessus son gilet de lin. Ses pantalons de velours bleus avaient mystérieusement été remplacés par un modèle marron. Après les salutations, Blanc ajouta à l'adresse d'Akar:

— J'étais certain d'avoir entendu les chiens! Je me demandais si vous accepteriez de me les prêter pour un temps. Il y a longtemps que je n'ai pas pu jouer avec eux.

— Ton ami Gustin n'est pas avec toi? questionna le vieillard.

— Justement, nous jouons à cache-cache, répondit l'enfant. Les chiens pourraient m'aider à le trouver. C'est ce que font les chiens, non? Ils peuvent renifler les pistes et trouver les gens.

— Oui, certains chiens le peuvent, fit Akar en souriant. Mais, les miens n'ont pas été entrainés pour cela, je ne crois pas qu'ils te seraient d'une grande aide!

— Aussi, ajouta Iridia, tu dois avoir en ta possession quelque chose ayant appartenu à la personne, sinon ils ne sauront pas quelle odeur chercher.

— Ah bon! répondit Blanc, alors pas de problèmes, je porte les pantalons de Gustin! (Il colla sa cuisse sur le museau de Palo.) Allez mon vieux, renifle! Je veux que tu trouves mon ami!

Pour toute réponse, l'animal mit ses deux pattes de devant sur les épaules de l'enfant et lui offrit quelques généreux coups de langue.

— Je veux bien te laisser jouer avec mes chiens, concéda Akar. Mais, je crois que tu ferais mieux d'abandonner l'espoir qu'ils t'aident à trouver ton ami!

— D'accord, d'accord, répondit Blanc, qui tentait de maintenir l'animal par terre, nous allons changer de jeu. Aussi, je promets de ne pas les laisser piétiner les plates-bandes.

— Bien!

Le vieillard donna les deux laisses à l'enfant. Palo cherchait déjà à s'éloigner sur le sentier, alors que Pora, calmement assise, attendait l'ordre de départ.

— Avant que tu partes, intervint Kahel, j'aimerais bien que tu me dises pourquoi tu portes les pantalons de Gustin.

— Il m'a dit qu'il aimait mes nouveaux pantalons, alors on a fait un échange.

— Je crois que tu ferais mieux de demander la permission de dame Dassfodèle, avant de faire ce genre de chose.

— D'accord… répondit timidement Blanc.

— Aussi, boutonne tes vêtements, ajouta Kahel sur un ton paternel, il ne fait pas si chaud.

— Oui-oui, fit l'enfant, en s'exécutant tant bien que mal, alors que Palo tirait sur sa laisse avec impatience.

Soudainement, on entendit la voix de Gustin, qui appelait au loin :

— Hé-ho! Blanc! Je suis caché ici! Je n'en peux plus d'attendre! Qu'est-ce que tu fais?

— J'arrive!

L'enfant prit congé des ivataris en s'élançant à la suite des queues frétillantes des chiens. Les trois ivataris le regardèrent s'éloigner, en enviant presque son insouciance.

— Cet enfant est très précieux, mentionna doucement Iridia, alors qu'ils reprenaient leur marche.

— Il est précieux, en effet, appuya Kahel. Pour les rakhanes aussi… c'est pour cela qu'ils ont toujours essayé de mettre la main dessus. Même après la chute de Rihel, ils ont déployé beaucoup d'efforts pour qu'il ne s'en sorte pas vivant.

Cette affirmation rendit Iridia et Akar songeurs. Alors, Kahel y alla d'une observation :

— Je me souviens de la façon dont le nazmeth nous avait retrouvés, dans la grande forêt du Lothmar. Il avait suivi notre piste, en se servant d'un bout de tissu ayant appartenu à Blanc. Cela me fait penser aux chiens renifleurs ! Sauf que c'était une piste bien plus subtile que celle laissée par les odeurs… Ils peuvent percevoir beaucoup de choses, ces damnés sorciers !

— Les nazmeths ne sont jamais à court de ruses, ajouta Akar, heureusement vous avez réussi à les déjouer toutes pour atteindre l'Endriel.

— J'espère seulement qu'il est suffisamment en sécurité ici, relança Kahel.

— Que pourrait-il bien lui arriver ? Il est entouré des murs les plus épais jamais construits !

— Je ne sais pas… Depuis que je suis ici, j'ai un pressentiment. J'ai l'impression qu'il n'est pas tout à fait en sécurité.

— C'est normal, dit Akar pour le rassurer, tu as vécu des années à l'ombre d'une menace continuelle. Tu devais constamment te méfier de tout ! Mais, ici les rakhanes sont loin, et je suis sûr qu'ils n'approcheront pas de la Citadelle de sitôt !

— Peut-être que je dois réapprendre à me détendre…
— Voilà !

Leur conversation fut interrompue par un bruit de pas rapide venant de derrière. Les trois ivataris se retournèrent pour découvrir le visage inquiet de Dassfodèle, qui se dirigeait vers eux. Elle tenait les pans de sa robe d'une main et un bonnet de l'autre.

— De plus, commenta Iridia à l'intention de Kahel, vous n'êtes pas le seul à veiller sur l'enfant…

La gouvernante s'arrêta devant eux. Après les salutations d'usage, elle n'avait qu'une seule question :

— Est-ce que vous avez vu le jeune prince ? Le galopin,

il est parti sans mettre son bonnet! Je lui ai pourtant répété qu'il ne devait pas sortir tête nue, ce n'est pas encore la saison.

— Il est parti par là, madame, répondit Akar, en pointant derrière lui. Vous ne devriez pas avoir de difficulté à le trouver, il gambade avec Gustin et mes deux chiens.

— Parce que vous le laissez jouer avec vos bêtes, en plus? Ils vont mettre leurs pattes pleines de saletés sur ses vêtements tout neufs!

— Je crois qu'il n'a pas besoin de l'aide de mes animaux pour salir ses vêtements, osa Akar, c'est tout simplement un enfant. Peut-être que le laisser jouer dehors avec des vêtements neufs n'est pas la meilleure idée…

— Un prince doit savoir jouer sans se salir.

— C'est une belle théorie.

— Veuillez m'excuser, répondit Dassfodèle d'un ton sec, mais je dois le retrouver avant qu'il y ait une catastrophe. Je vous souhaite un agréable séjour aux jardins.

Le petit groupe laissa passer la dame, qui poursuivit son chemin sans se retourner. Blanc allait peut-être se faire chauffer les oreilles, mais cela n'inquiéta pas Kahel, Iridia et Akar. Malgré ses dehors crispés, l'amour de Dassfodèle pour l'enfant ne faisait pas de doute.

— Vois-tu comment il est bien encadré, cet enfant? fit Iridia à l'intention de Kahel, avec un sourire en coin, celui qui voudrait lui faire du mal n'a qu'à bien se tenir, car dame Dassfodèle veille!

◆

Blanc fut tiré de son sommeil: il était certain d'avoir entendu la voix de sa mère! Son cœur battait au rythme de la joie, était-elle revenue le voir? Les yeux pleins d'espoir, il sonda sa chambre, mais aucun regard ne répondit au sien.

— Blanc, mon enfant, viens!

C'était bien elle ! Le petit descendit du lit, la voix semblait venir de l'extérieur de la chambre. Sans se poser plus de questions, l'enfant ouvrit la porte. Il n'y avait aucune lumière de l'au-delà pour l'accueillir, que le vacillement blafard des lanternes. Il tendit l'oreille, mais il n'entendait que les pas des gardes qui résonnaient dans les larges corridors.

— Blanc, je suis ici, viens !

La voix ressemblait bien à celle de Méliore, mais elle avait un timbre froid et lointain. L'enfant devint perplexe :

— Où êtes-vous, mère ?

— La chambre de dame Dassfodèle…

La chambre de la gouvernante se trouvait tout près de celle de Blanc. Il s'en approcha, porté par un étrange mélange de joie et d'appréhension… Il s'arrêta devant la grande porte menant aux appartements de Dassfodèle.

Son cœur battait à tout rompre. Qu'allait-il trouver derrière cette porte ? Avait-il imaginé tout cela, dans son grand désir de revoir sa mère ? Peut-être devait-il faire demi-tour… En plus, il risquait de réveiller Dassfodèle en pleine nuit, une perspective qui ne l'enchantait pas !

Il hésitait, mais il devait agir rapidement : il entendait les pas d'un garde qui approchait, bientôt celui-ci tournerait le coin du corridor. Sûrement allait-il le gronder pour s'être ainsi éloigné de sa chambre. Blanc voulut éviter cette fâcheuse rencontre. Il ouvrit la porte, s'introduisit doucement dans la chambre et la referma sans un bruit. Juste à temps : il entendit des pas derrière la porte, puis le patrouilleur s'éloigna.

Tous ses sens en éveil, l'enfant se retourna. Le son d'une respiration régulière emplissait la pièce, signe que Dassfodèle ne s'était pas réveillée. La lueur lunaire, que les minces rideaux ne réussissaient pas à arrêter, se déposait sur les nombreux meubles en faisant couler des ombres. Le grand lit, les commodes, les armoires, les chaises… l'endroit était chargé d'objets devenus anonymes dans la pénombre de la nuit. Un seul d'entre eux scintillait, il avait plus de présence que les autres : c'était le miroir.

— Blanc, mon cher enfant, approche.

Le jeune prince sursauta. Il avait vu l'image immobile de sa mère apparaître dans le miroir ! Celle-ci était disparue aussitôt que la voix s'était tue.

— Mère, souffla l'enfant, revenez !

Blanc s'élança vers le miroir.

◆

— Kahel !

Une voix ferme le secoua. L'ivatari ouvrit les yeux, la figure d'un chevalier vêtu d'une cape blanche se tenait au pied de son lit, elle rayonnait d'une lumière vive. Kahel le reconnut immédiatement : il s'agissait du personnage qu'il avait vu près de Blanc, des mois plus tôt, lors de son arrivée à la Citadelle. Méliore lui avait dit que c'était l'image de son amour protecteur...

— Blanc est en danger ? demanda l'ivatari.

Déjà, toute trace de sommeil avait quitté sa voix.

Pour seule réponse, le chevalier d'argent hocha la tête, en rivant ses yeux sévères dans ceux de l'homme. L'apparition sortit une épée de son fourreau, la brandit bien haut, puis disparut dans un éclat de lumière.

Kahel devait agir immédiatement ! En trois pas, il fut dans le corridor, avec son épée d'édama à la main. Il tomba face à face avec un patrouilleur stupéfait de le voir ainsi, en pyjama, portant une arme lumineuse. Avant que le garde pût ouvrir la bouche pour le questionner sur ses intentions, ce fut lui qui fut interrogé :

— Blanc est-il dans sa chambre ? demanda l'ivatari en passant à côté du patrouilleur.

Déjà, il se dirigeait vers la porte de la pièce réservée à l'enfant.

— Oui, bien sûr! répondit le garde.

— Venez avec moi!

Le patrouilleur sur les talons, l'ivatari arriva à la chambre. Sans hésitation, il entra. Il éclaira la pièce à l'aide de la lumière émanant de son épée.

— Blanc? Es-tu là? Blanc!?

D'un geste ferme, il retira les draps du lit. Il était affreusement vide. En brandissant son arme telle une torche, Kahel sonda la pièce en une bourrasque. Le garde l'aida avec zèle, mais ils ne trouvèrent personne. Le patrouilleur se mit à avoir des sueurs froides, lorsque Kahel riva son regard dans le sien.

— Vous ne l'avez pas vu? Vous n'avez aucune idée où il pourrait être!?

Une réponse immédiate était attendue.

— Non… j'étais certain qu'il était ici! balbutia l'autre.

Kahel sortit de la chambre, laissant derrière lui ce garde résolument inutile.

— Dassfodèle! s'écria celui-ci, en suivant le chevalier. Parfois, il va voir dame Dassfodèle, lorsqu'il a des cauchemars!

Dès la première syllabe de la réponse, Kahel s'était élancé vers la chambre de la gouvernante; il l'atteignit avant la fin de la phrase. Au même moment, un second patrouilleur s'approcha d'eux au pas de course. Il venait de l'autre direction, attiré par l'agitation inhabituelle.

— Que se passe-t-il? demanda le nouveau venu.

— Je ne sais pas, répondit le premier garde.

— Blanc est en danger, fit Kahel, tout en poussant la porte des appartements de Dassfodèle.

Pas le temps de frapper, les politesses allaient être pour une autre fois. La porte s'ouvrit sur une scène terrifiante: Blanc se trouvait à un pas du grand miroir; par contre, ce n'était pas son image qui se reflétait dans la glace, mais la figure d'un nazmeth entourée de vapeur sombre! Le sorcier fixait ses yeux de reptile sur l'enfant et sa bouche écailleuse murmurait des incantations. Hypnotisé, Blanc le regardait avec une expression béate... car il ne voyait pas le monstre, mais la figure bienveillante de sa mère!

Kahel se jeta sur Blanc pour l'éloigner du danger. Dans la même seconde, une forme sombre et vaporeuse surgit du miroir et tenta de happer l'enfant. Dans un sifflement strident, les bras crochus de la chose fendirent l'air alors que l'ivatari et l'enfant s'écrasaient par terre.

Dans la seconde suivante, Dassfodèle se réveilla et se mit à hurler. Un des gardes transperça la chose vaporeuse de sa lance, mais l'arme ne rencontra aucune résistance, elle n'avait trouvé que le vide – par contre, elle devint rapidement très froide... Le garde horrifié vit sa lance se recouvrir de givre! La chose surgie du miroir se tourna vers le pauvre homme et le regarda, ses yeux n'étaient que deux taches plus sombres que le reste. Elle voulut planter ses griffes dans son cœur, mais le garde fit un saut en derrière. Les griffes immatérielles du monstre s'enfoncèrent plutôt dans le bras que le patrouilleur avait levé en guise de protection. L'homme sentit la morsure du froid s'étendre dans son bras – un membre qui venait définitivement de perdre toute vie – alors qu'il tombait sur son partenaire toujours situé derrière lui.

Le cri de Dassfodèle se poursuivait, elle espérait se réveiller de ce cauchemar, sans succès. L'obscure créature avait une forme imprécise, telle une ombre diffuse ayant pris corps. On pouvait vaguement reconnaître un serpent géant sauvagement dressé, doté de longs bras osseux et d'une large crête remuant comme des flammes.

Kahel se rua sur la chose pour la pourfendre de son épée lumineuse, mais elle disparut avant que son arme puisse l'atteindre. Les deux gardes, écroulés par terre, soupirèrent de soulagement, et les cris de la gouvernante diminuèrent d'intensité. Ils croyaient que le chevalier venait de mettre fin au péril…

— Quittez cette pièce ! ordonna l'ivatari, alors qu'il retournait rapidement vers la figure terrorisée de Blanc.

Kahel agrippa l'enfant, au moment où deux bras sombres surgissaient d'une des ombres couvrant le plancher, en tentant de les atteindre. L'ivatari et son protégé se jetèrent sur le lit, tout près de Dassfodèle qui se remit à hurler de plus belle. Sans se faire prier davantage, les deux gardes déguerpirent de la chambre. Kahel voulut les suivre avec Blanc, mais il ne pouvait se résoudre à abandonner Dassfodèle, qui n'avait pas encore repris ses esprits. Cet instant d'hésitation lui coûta la possibilité de sortir : un violent courant d'air froid passa dans la pièce et la porte se referma dans un claquement. Du givre se mit à recouvrir la poignée, en devenant une plaque de glace. C'était un verrou glacial.

L'ivatari et l'enfant s'accroupirent près de la gouvernante épouvantée. Kahel gardait son épée lumineuse au-dessus d'eux, créant un cercle protecteur de lumière. Au pied du lit, l'image du nazmeth, toujours dans le miroir, les regardait avec un air de défi. L'ivatari soutint son regard sans sourciller, alors que le sorcier s'adressait à lui :

— Je veux seulement l'enfant, fit le nazmeth de sa voix aigrelette. Offrez-le à ma créature et vous aurez la vie sauve.

Comme si elle approuvait son maître, la chose tapie dans l'ombre poussa un nouveau sifflement strident, insupportable.

Kahel ne répondit pas. Il se concentra un court instant, le rayonnement de son glaive devint plus intense, pour ensuite se condenser sur la pointe de l'arme – puis le chevalier la pointa vers le nazmeth. Un puissant rayon jaillit en direction de l'horrible image habitant le miroir, on entendit le rakhane pousser un cri étouffé. Un éclat de lumière aveuglant emplit la pièce au moment où le rayon atteignit sa cible. Lorsque Kahel, Blanc et Dassfodèle purent voir de nouveau, le sorcier avait disparu. Il ne restait plus qu'un sombre tourbillon vaporeux au sein du miroir, accompagné d'un silence qui dura plusieurs secondes.

— Est-ce… Est-ce que c'est terminé? murmura Dassfodèle, qui réussissait à formuler des mots pour la première fois depuis son réveil brutal.

— Je ne crois pas, le passage est toujours ouvert… répondit Kahel.

Le chevalier portait de nouveau son épée au-dessus de leurs trois têtes, alors qu'ils se tenaient regroupés sur le grand lit de la gouvernante. Ils entendirent un murmure susurrant, près d'eux, qui n'avait rien d'humain. Il fut suivi d'un courant d'air froid…

— La chose est toujours là! fit Blanc, au bord des larmes. Elle est toute proche!

Kahel le serra contre lui, d'un geste protecteur.

— Reste près de moi et il ne t'arrivera rien, fit le chevalier d'une voix sûre. Il ne se déplace que dans les ombres, la lumière de mon épée lui fait peur.

La gouvernante s'approcha également de Kahel. Elle était coiffée d'un bonnet de nuit et se couvrait à l'aide des épaisses couvertures, en croisant ses bras autour de son cou.

— Vous voulez dire que vous savez ce que c'est!? questionna Dassfodèle d'une voix cassée, en tentant en vain de retrouver son flegme.

— C'est une créature née de l'âme tordue des nazmeths, une de ces horribles pensées qu'ils réussissent à condenser. Les sorciers appellent ça un hy'chh.

Kahel fut interrompu par un sifflement. La forme diffuse du hy'chh parut de nouveau, en surgissant d'une ombre pour plonger dans la suivante, tel un poisson qui sauterait d'une mare à l'autre. Un courant d'air froid vint balayer les visages du petit groupe réuni au milieu des draps froissés. La créature tourna autour d'eux comme un fauve attendant l'occasion de bondir, puis elle disparut encore une fois en glissant dans une des ombres.

— Faites quelque chose, je vous en prie ! souffla nerveusement la gouvernante à l'intention de Kahel.

— Laissez-moi penser… ce n'est pas si simple !

L'ivatari tentait de se concentrer, plusieurs possibilités s'offraient à lui, mais elles semblaient toutes désespérées !

Il était possible d'éliminer le hy'chh en l'atteignant avec l'épée de lumière, par contre, pour ce faire il devait s'approcher de lui, ce qui mettait l'enfant et la gouvernante en danger.

Il pouvait également briser le miroir, de cette façon le lien avec le nazmeth serait coupé et la créature ne recevrait plus de force de son maître; elle allait ensuite s'épuiser petit à petit et disparaître… si elle ne trouvait pas de victime desquelles aspirer l'énergie ! Le risque serait alors qu'elle parte en chasse dans la Citadelle et atteigne beaucoup de gens avant que l'on puisse l'arrêter.

Une autre solution était de renvoyer le hy'chh dans le miroir, tandis que le nazmeth maintenait le passage encore ouvert. Mais, comment pouvait-il repousser la créature vers le miroir ?

Kahel envisageait toutes les possibilités, c'était comme préparer un coup dans une partie d'échec mortelle. Il devait faire vite, puisque les gardes étaient sûrement allés chercher du renfort. Ils ne seraient pas les bienvenus, car le hy'chh deviendrait plus fort avec chaque victime. Tous ces paramètres s'empilaient dans l'esprit du chevalier et il tentait de les combiner de façon à former une solution.

De nouveau, le lugubre sifflement de la chose informe emplit la pièce, leur signalant sa faim et son impatience. Elle parut devant eux, en ouvrant sa gueule sombre, et retourna se terrer dans les ombres. Blanc faisait de grands efforts pour ne pas pleurer, Kahel le serra encore plus fort contre lui.

— Alors, vous faites quoi!? murmura Dassfodèle. Il va dévorer nos âmes, ou quelque chose comme ça!

— La lumière nous protège! répliqua Kahel. Il faut que je pense...

— Mais, agissez! J'en ai assez de vous voir réfléchir!

Kahel interrompit le cours de ses pensées.

Réfléchir...

Oui, c'était peut-être l'idée lumineuse qui lui manquait!

Il se tourna vers la gouvernante.

— Dame Dassfodèle, est-ce qu'il y a un autre miroir dans cette pièce?

— Un autre miroir? Pour quoi faire?

— Je n'ai pas le temps de vous expliquer. Est-ce qu'il y en a un autre, oui ou non?

— Dans le tiroir du haut de la commode, il y a un miroir à main. Est-ce qu'il peut faire naître des monstres, lui aussi? Vous pouvez être assuré que si je sors vivante d'ici, je fracasse tous les miroirs que je vois!

— Bien, s'il y a un autre miroir, on a peut-être une chance...

— Une chance de quoi?

— De renvoyer cette chose d'où elle vient.

Kahel laissa Dassfodèle, et son air interrogateur, pour se pencher vers Blanc. Le petit tentait de cacher sa peur devant le regard de son protecteur, il tremblait légèrement et ses yeux étaient humides.

— Blanc, je vais devoir te confier mon épée, lui dit l'ivatari d'une voix calme. Je vais avoir besoin de ton aide pour capturer le monstre. Tu dois tenir l'épée et elle ne doit pas cesser de briller. Pour cela, tu ne dois pas avoir peur, tu dois avoir confiance en la puissance de la Lumière, tu comprends?

— Je... Je comprends, répondit Blanc d'une voix hésitante.

— Je sais que c'est beaucoup te demander, tu n'es pas obligé de le faire.

Blanc gardait ses yeux dans ceux de l'homme avec lequel il avait traversé tant de périls. Il voulut se montrer fort comme lui... Au bout d'un instant, il cessa de trembler.

— Je vais le faire, fit l'enfant d'un ton devenu plus assuré.

— Très bien, prends mon épée.

Kahel tendit l'arme à Blanc qui la prit de ses deux petites mains. La lumière vacilla un instant et Dassfodèle poussa un cri aigu. L'enfant n'y prêta pas attention, il resta calme et la lueur redevint constante.

— Très bien! fit Kahel. Je savais que tu en étais capable!

Le hy'chh ne partageait pas cette joie. Tout en restant tapi dans l'ombre, il poussa un nouveau sifflement aigre, plus fort que les précédents. Il cherchait à terroriser l'enfant. La lueur de l'épée redevint hésitante, jusqu'à presque s'éteindre.

— Ne l'écoute pas, Blanc! fit Kahel d'une voix ferme. Il ne peut rien te faire si tu as confiance. Il ne peut rien si tu restes relié à la Lumière, comme ton père et ta mère te l'ont appris.

La lueur continuait à vaciller. Dans la pénombre autour du lit, on percevait la forme serpentine du hy'chh, qui se mêlait aux ombres opposées à la radiation de l'édama. La créature immatérielle s'approchait, mais Blanc ne la voyait pas. Il avait les yeux fermés. Il pensait au courage de son père et à l'amour de sa mère. Il se recueillait afin d'enflammer l'édama, afin de devenir lui-même un portail d'où pouvaient se déverser des mondes lumineux.

Le hy'chh était tout près, son souffle froid donna des frissons à Dassfodèle, qui s'efforçait de contenir sa panique. Son regard semblait supplier Kahel de reprendre l'épée. L'homme leva la main en signe de déni. Il avait la certitude que l'enfant pouvait réussir.

Et il avait raison.

La lame devint soudainement incandescente. Kahel et Dassfodèle furent éblouis et durent détourner les yeux Le hy'chh émit un hurlement effroyable et plongea dans l'ombre qui était derrière le grand miroir.

L'ivatari stupéfait observa Blanc un moment, jamais il n'avait vu un enfant transmettre autant de lumière à l'aide de l'édama. Il contemplait le spectacle d'un œil ravi. Le petit se tenait immobile telle une statue, en gardant l'épée dressée devant son visage, les yeux clos. Une figure d'un autre monde.

— Alors, quel est votre plan ?

Dassfodèle ramena Kahel à la précaire réalité. Le hy'chh les menaçait toujours, caché dans son terrier de ténèbres.

— Ah oui… le tiroir du haut, vous avez dit ?

Le chevalier osa mettre un pied hors du lit, en jetant des regards alentour. La pureté de Blanc emplissait la pièce d'une vive lumière, mais des ombres nettement tranchées restaient présentes, comme autant de trous d'où la mort pouvait surgir. Kahel ne devait pas traîner.

En quelques enjambées, il fut près de la commode. Un sifflement strident hérissa le poil de sa nuque. Il ouvrit le tiroir d'un coup. Un souffle froid passa sous sa tunique. Il vit le miroir, au milieu d'un fatras d'objets incongrus. Une forme se dressa à sa gauche. Il saisit le manche. Le hy'chh fondit sur lui.

D'un geste vigoureux, Kahel dressa le miroir entre lui et le monstre. La lumière de l'épée s'y refléta et la forme ombrageuse dut stopper son élan. Les rayons l'aveuglaient, elle n'osait pas s'approcher davantage et tentait sans succès d'atteindre Kahel en hachant l'air de ses deux bras filiformes, tout en sifflant son mécontentement.

Le hy'chh se tenait dos au grand miroir, dans lequel se trouvait encore le vortex vaporeux. Kahel avait une chance de renvoyer la chose d'où elle venait, s'il réussissait à la faire reculer de façon à ce qu'elle soit happée par le tourbillon ensorcelé. Le chevalier tenait le petit miroir à main fermement dressé entre lui et le monstre, en prenant bien soin de le maintenir dans un angle permettant à la lumière de l'édama de s'y refléter. Kahel fit un pas vers le hy'chh, celui-ci recula légèrement. Sa queue aiguisée battait l'air, sa crête enflammée se hérissait davantage, tout son être se cabrait. Kahel fit un autre pas, la créature hésita de nouveau. Sa queue était tout près du grand miroir, si elle le touchait elle allait être aspirée.

— Allez! Affreux monstre, recule encore un peu!

Il fit de nouveau un pas vers le hy'chh. La créature réagit en élançant ses bras glacés vers lui, ils passèrent à un cheveu de son torse.

Puis, on entendit frapper à la porte.

— Kahel! Blanc! Dame Dassfodèle! Nous venons à votre aide!

L'ivatari reconnut la voix du capitaine de la garde. Il arrivait avec un groupe d'hommes et tentait maintenant de forcer la poignée saisie par la glace. Le vacarme attira le hy'chh qui se tourna vers eux.

— Partez! cria Kahel, vous êtes en danger!

Un sifflement aigu retentit. La chose plongea vers la porte et passa sauvagement ses deux bras immatériels à travers elle. On entendit un hurlement de l'autre côté. Satisfait d'avoir atteint une cible, le hy'chh était sur le point de traverser la porte!

— Eh, toi! Tu m'oublies? l'interpella Kahel.

La chose tourna la tête et le lorgna d'un œil sombre. Le chevalier jeta le miroir qu'il tenait à la main, il se brisa en heurtant le plancher. L'ivatari était maintenant sans défense! En un sifflement sauvage, le hy'chh se rua vers lui.

Une fraction de seconde pour réagir: Kahel sauta sur le côté et passa derrière le grand miroir. Il le tint à deux mains et s'en servit comme protection. Le chevalier se mit à tourner sur lui-même, en gardant l'objet tel un bouclier entre lui et le monstre. Le hy'chh frappait et tentait d'atteindre Kahel derrière le miroir, ils tournaient tous les deux de plus en plus vite au milieu de la chambre.

Les gardes heurtaient la porte, en essayant de la défoncer, ils ne pouvaient rester sans rien faire ! Dassfodèle, saisie d'effroi, assistait au spectacle. Le souffle froid s'approchait à chaque instant du chevalier entraîné dans cette danse macabre. Mais soudain, la lumière qui emplissait la pièce vacilla. Blanc avait ouvert les yeux, la vue de Kahel en danger l'avait terrifié.

— Kahel ! hurla le petit.

Il voulut lui porter secours, à l'aide de son épée. Dassfodèle tenta de le retenir, mais il lui glissa des mains.

— Non Blanc ! fit Kahel, en voyant le petit qui s'apprêtait à sauter hors du lit.

Le hy'chh se détourna du chevalier, lorsqu'il vit l'enfant venant s'offrir à lui. Il dressa sa queue bien haute, et ouvrit les bras pour l'accueillir. Un sourire méchant déformait son visage… juste avant qu'il disparaisse en un tourbillon, aspiré par le miroir que Kahel venait de faire basculer sur lui !

Le grand miroir s'écrasa par terre et se brisa en mille morceaux.

Blanc dévia sa course pour éviter le fracas. Il poursuivit son élan, mais ce fut pour se jeter dans les bras de Kahel.

Peu de temps après, les gardes réussirent à enfoncer la porte. Mais, ils ne virent qu'un enfant qui pleurait de soulagement dans les bras d'un homme épuisé, une dame crispée au milieu des draps froissés et des fragments de verres tapissant le plancher.

Tout était fini.

Les gardes s'attroupèrent autour de Kahel et Blanc, les morceaux de verre craquaient sous leurs pas. L'ivatari se redressa, tout en gardant une main sur l'épaule de l'enfant. Dans l'encadrement de la porte, il vit l'un des gardes assis dans le corridor, affalé contre le mur du corridor. Il se tenait l'épaule droite et souffrait grandement, le hy'chh avait presque fait une victime!

Interloqué, Kahel avait la tête bourdonnante de questions. Il savait les nazmeths capables de transmettre des images, des tentations, par l'intermédiaire de miroirs. Mais, une attaque aussi puissante était du jamais vu, c'était de nouveaux sommets de sorcellerie.

Et il ignorait l'origine de cette menace.

De l'autre côté du miroir

Sh'Ull tremblait. Il s'était écroulé par terre, sur le plancher froid de la grotte. Une simple bougie, presque éteinte, éclairait son visage reptilien et son long crâne pointu. Il respirait difficilement, des gouttes de sang noir perlaient sur ses joues. Le miroir avait été pulvérisé et les morceaux lui avaient lacéré le visage en s'envolant.

Malgré cela, il se doutait bien que ce n'était pas terminé. Il entendit un sifflement, et la température tomba brusquement. Une forme vaporeuse se rapprochait…

Le hy'chh était tout près, il avait encore faim. Il fallait le conjurer! Le nazmeth se leva immédiatement et entama l'incantation dont il s'était servi pour l'appeler – mais à l'envers.

Il savait que s'il se trompait d'une syllabe, c'était la fin pour lui.

Une succession de mots étranges se mit à passer entre les lèvres du sorcier et le hy'chh commença à se tordre de douleur. Il devint de plus en plus chétif, comme si sa substance se diluait dans l'air opaque de la grotte. Sous l'effet de l'incantation, la créature ne maîtrisait plus ses gestes. Elle ne pouvait que garder ses yeux sombres rivés dans ceux, jaunes, du nazmeth. Jusqu'au bout, le hy'chh espéra que Sh'Ull se trompe, qu'il allait confondre les syllabes; alors, le sort serait rompu et il pourrait lui planter ses griffes dans le cœur. Mais, il n'en fut rien, le hy'chh fut dilué complètement et son dernier cri s'étouffa. Sh'Ull était un maître de la sorcellerie, et ce n'était pas un minable hy'chh qui mettrait fin à ce règne.

Du moins, était-il le maître tant qu'un akdar n'était pas présent...

Le nazmeth n'eut pas le temps de reprendre son souffle, car une lueur dorée l'appela, venant de l'autre extrémité de la grotte obscure. Sh'Ull grimaça de mécontentement en la voyant. Avec sa toge noire, il essuya tant qu'il put le sang de son visage, puis il s'approcha lentement, ce qui fit vaciller l'unique bougie piquée sur un chandelier au centre de la pièce.

La source de la lueur insolite était un miroir ovale, semblable à celui qui venait d'être pulvérisé. Décidément, ce nazmeth aimait les jeux de miroir! Celui-ci était particulier : il était brisé en deux, fendu le long d'une diagonale, et possédait un riche cadre en or pur. Il était suspendu au mur de pierre. Il ne servait qu'à une chose : communiquer avec l'akdar au masque doré.

L'impassible masque d'or, marqué d'une faille, apparu lorsque Sh'Ull fut près du miroir. Le serviteur inclina la tête. Ce n'était pas seulement un signe de respect, mais aussi une façon de cacher les marques de son visage blessé.

Des mots en nammoréen résonnèrent à l'intérieur du crâne du nazmeth, lorsque l'akdar commença son interrogatoire :

— *Alors, est-ce que l'enfant a succombé à ton attaque?*

Sh'Ull hésita un instant avant de répondre, le sang tiède qui coulait le long de ses joues se mêlait à sa sueur, son cœur apeuré battait dans ses tempes.

— *Mon seigneur, c'était parfait, du grand art noir...* répondit le nazmeth de sa voix aigrelette.

— *Ne me fait pas perdre mon temps*, l'interrompit l'akdar. *Réponds!*

— *Non, mon seigneur... mais jamais aucune attaque n'est venue plus près de réussir!* fit le nazmeth en relevant la tête. *Donnez-moi seulement une occasion de me reprendre!*

— *Ce n'est pas le premier échec!*

— *Ce n'était pas ma faute, mon seigneur! Cet enfant est protégé, extrêmement bien protégé! Mais, je réussirai à percer ses défenses. Je vous le jure. Je ne trouverai pas de repos tant que ce ne sera pas fait.*

Le nazmeth fut interrompu dans son palabre. Sa tête fut soudainement remplie de la sombre vibration qu'il connaissait si bien. Il se prit le crâne et se retint pour ne pas hurler.

— *Si je n'ai pas de résultats bientôt, prépare-toi pour un voyage vers So'Rah...*

L'akdar relâcha son emprise. Le nazmeth le remercia d'être aussi clément et se mit à aligner sans réserve les mots de gratitude. Le masque inexpressif ne lui répondit pas. Au bout d'un instant, il disparut dans la nuit et son image fut remplacée par le reflet de Sh'Ull. Aussitôt, il cessa d'exprimer sa reconnaissance et son air soumis fit place à une grimace de mépris.

Dans un soupir de fatigue, il se tourna vers la sortie. Tous ces rituels de sorcellerie l'avaient vidé de ses forces et rempli d'une grande lassitude. Cela faisait si longtemps qu'il sondait les ondes, afin de retrouver l'enfant... Quand il l'avait vu dans le miroir en train d'essayer ses nouveaux vêtements, il fut convaincu de pouvoir enfin l'atteindre. Mais, encore une fois, Kahel était intervenu! Sh'Ull porta la main à son torse, là où l'ivatari l'avait brûlé du rayon de son épée. La douleur cuisante de sa peau était aussi intense que celle de son échec.

Le nazmeth s'arrêta près du portillon de bois, là où un monceau de bijoux d'or reposait sur un piédestal. Le rakhane commença à les enfiler un à un. Les colliers descendaient jusqu'à sa ceinture, les bracelets s'entrechoquaient, les bagues alourdissaient ses doigts... Pour finir, il posa sur son crâne chauve et pointu une tiare dont l'avant était formé d'une énorme plaque ornée de pierres précieuses. Le chétif sorcier semblait maintenant porter son propre poids en ornements de toutes sortes.

Le nazmeth s'empara ensuite d'un bâton. À l'extrémité de l'objet, un aigle-dragon couleur de nuit était posé sur une sphère en or, prêt à la dévorer de sa gueule grand ouverte. Il enroulait sa longue queue autour de la tige de métal. Avant de sortir, Sh'Ull essuya de nouveau le sang de son visage à l'aide de la manche de sa toge. Les bracelets claquèrent et les colliers tintèrent.

Il n'ouvrit pas lui-même la porte, plutôt, il cogna trois coups avec son bâton. Un garde humain posté de l'autre côté lui ouvrit, en gardant les yeux baissés. Sh'Ull s'avança, trois gardes supplémentaires l'attendaient. Le quatuor regardait le sol d'un air soumis, tandis que le nazmeth allait se placer au milieu d'eux en les observant en silence. Toutes questions, tous commentaires sur ce qui venait de se passer dans la grotte – sur son échec – seraient extrêmement malvenus. Et cela, les gardes le savaient. Ils attendaient les ordres dans une immobilité crispée, en osant à peine respirer. Ils ne voulaient pas émettre le moindre son, de peur que cela soit mal interprété.

— Qu'attendez-vous? Escortez-moi à mes appartements! ordonna Sh'Ull de sa voix sifflante.

Les nazmeths étaient parmi les rares rakhanes à être capable de s'exprimer dans les langues humaines. Sans un mot, les gardes obtempérèrent, en se mettant deux devant et deux derrières. Le petit cortège avança dans les étroits corridors souterrains. Le tintement des bijoux marquait la cadence, le long de ce chemin tortueux.

Le groupe atteignit un escalier de bois menant à une trappe qui débouchait dans une cave. D'énormes piliers étaient alignés au garde-à-vous, pareils aux deux soldats qui avaient monté la garde près de la trappe toute la nuit. Ils accueillaient maintenant le nazmeth et son escorte d'un air stoïque.

Le groupe traversa la cave, où étaient mis en réserve toutes sortes de caisses et de tonneaux. Qui aurait pu croire que cet endroit cachait l'entrée d'un haut lieu de la sorcellerie ? Certainement pas les rats qui fuyaient devant leur pas, en couinant pour avertir leurs semblables.

Une autre porte, puis un escalier de pierre montant en colimaçon. Enfin, le groupe arriva dans un corridor austère. Des fenêtres morcelées permettaient pour la première fois de voir au-dehors, là où les lunes découpaient les ombres d'une ville en ruine... Ils venaient d'émerger des sous-terrains du château de Rihel.

Le petit cortège ne s'arrêta pas, les appartements de Sh'Ull étaient encore loin. En passant devant les cuisines, ils entendirent quelques attardés qui calmaient une fringale nocturne. Dans les corridors, des déchets jonchaient le sol, faisant la joie des rats; ils étaient encore plus gros que ceux de la cave. Certains des patrouilleurs, rakhanes ou humains, dormaient affalés contre les murs. D'autres avançaient en titubant, après une veillée bien arrosée.

Normalement, Sh'Ull aurait distribué les réprimandes. En choisissant au hasard, il n'aurait pas hésité à faire emprisonner ou exécuter – selon son humeur du moment – quelques-uns de ces soldats peu disciplinés. Cela suffisait habituellement à ramener un peu d'ordre pendant quelques jours. Mais, cette nuit-là, il était trop exténué pour cela. Il se contenta de jeter des regards méprisants à tous ceux qu'il croisait.

Après avoir monté de nombreux paliers, le nazmeth et son escorte atteignirent un étage différent des autres. Les corridors étaient plus larges, les portes plus hautes et les fenêtres plus grandes. Il y avait des ornements de pierres et des statues. De plus, les gardes étaient tous à leurs postes. Manifestement, c'était l'étage réservé aux gens importants – ou du moins à ceux qui se croyaient importants. Ils approchaient des appartements de Sh'Ull et le tintement de ses bijoux résonnait encore plus fort contre les hauts plafonds.

Le groupe s'engagea dans un long corridor. Au bout de celui-ci, une figure avançait d'un pas hésitant. L'homme était maigre et flottait dans son vêtement de nuit. Il avait le dos courbé et la lumière des lanternes se déposait sur lui avec dédain... Il eut un sursaut, lorsqu'il aperçut le nazmeth. Il regarda autour de lui, semblant chercher une autre issue afin d'éviter la rencontre; mais, il était déjà trop tard.

— Gouverneur Leyron... dit Sh'Ull.

Sa voix donna des frissons à l'homme maigrelet.

— Maître Sh'Ull... répondit Leyron, sans aucun plaisir.

Le gouverneur s'étonna du visage lacéré du nazmeth, alors que celui-ci s'approchait de lui, mais il n'osa pas demander d'explications.

— Je vois que vous aimez les balades nocturnes, gouverneur Leyron. Ce n'est pas la première fois que je vous croise à cette heure tardive.

— Oui, je fais parfois de l'insomnie. C'est terriblement fâcheux.

— Si vous voulez, je peux vous concocter un remède... proposa le nazmeth, de sa voix aux notes discordantes.

— Non merci, maître Sh'Ull. Prendre une petite marche me suffit. Vous êtes bien aimable.

Les deux êtres ne s'aimaient pas du tout et Leyron craignait que le nazmeth ne l'empoisonne. C'était une politique courante, chez les rakhanes, lorsqu'ils considéraient que le temps était venu de changer de gouverneur.

— Je suis à votre service... siffla Sh'Ull.

Cette réponse, d'ordinaire si rassurante, donna des sueurs froides au gouverneur. Il savait très bien qu'il était absolument exclu qu'un rakhane puisse rendre service à quelqu'un, à moins que ce soit dans son propre intérêt!

— C'est moi qui suis à votre service, fit avec empressement Leyron, en s'inclinant légèrement.

— Bien. J'aime les hommes qui connaissent leur véritable place.

Un silence lourd comme du plomb tomba sur la scène. Les escortes, tendues, attendaient l'ordre du départ. Leyron était sur le point de prendre lui-même congé, lorsque Sh'Ull relança la conversation.

— Tout de même, c'est étrange ces insomnies… fit le sorcier avec une voix imprégnée de sous-entendus. Il y a des rumeurs qui circulent selon lesquelles vous et votre femme n'êtes pas toujours sur la même longueur d'onde… Ne vous aurait-elle pas poussé en bas du lit ?

La gorge de Leyron devint sèche.

— Je ne sais pas de quoi vous parlez.

— Il est vrai que je ne comprends pas beaucoup les mœurs humaines… continua le nazmeth, qui s'amusait en voyant Leyron mal à l'aise. Nous, les rakhanes, n'avons qu'une mère. Nous sommes tous frères, nous ne comprenons pas grand-chose à vos histoires de couples… De plus, dans votre cas, cela semble particulièrement compliqué. J'ai cru voir qu'elle pouvait être difficile à votre endroit.

— Je vous le dis, tout va très bien, répondit nerveusement le gouverneur sur un ton de moins en moins convaincant.

— Tant mieux… Faites juste attention qu'elle ne vous mène pas par le bout du nez. Un gouverneur ne doit avoir de comptes à rendre qu'à nous. Tout autre intérêt est malvenu… vous comprenez ?

— Oui, message reçu, répondit succinctement l'homme d'ordinaire si verbeux.

— Alors, je vais vous laisser retourner auprès de votre… «bien-aimée»; je crois que c'est ainsi que vous nommez ces choses. J'espère que vous retrouverez le sommeil.

Après cette rencontre, il était hors de question que Leyron puisse fermer l'œil de la nuit!

— Oui, j'y retourne de ce pas, dit sèchement l'homme. Passez une belle soirée.

Qu'est-ce qui pouvait constituer une «belle soirée» pour un nazmeth? Ce n'était pas important. Ce qui était important, c'était clore la conversation et disparaître. Leyron s'inclina, puis s'en alla d'un pas rapide. Sh'Ull le regarda s'éloigner, l'expression habituelle de mépris revint sur son visage.

— Allez!

Ce simple mot suffit à remettre son escorte en branle. Tout en marchant, le sorcier réfléchit sur la rencontre. Les nazmeths avaient l'habitude d'analyser et de disséquer le moindre événement jusqu'à ses plus infimes particules.

Le gouverneur Leyron... un être rusé. Mais, c'était aussi un faible, un lâche, ce qui était une bonne chose, puisque cela permettait de le manipuler facilement. Par contre, d'autres personnes pouvaient en faire autant, et il fallait s'en méfier. Les gouverneurs avaient toujours autour d'eux une pléthore de parasites voulant profiter de leur position enviable, car c'était le plus haut statut auquel pouvait aspirer un humain, sous le règne des Nammoréens. Même si les gouverneurs n'avaient aucun pouvoir véritable – ils ne devaient qu'appliquer les directives reçues de la Montagne Noire –, ils avaient souvent tendance à se prendre pour des rois et à vivre comme tels. Autour d'eux se constituait toujours une cour formée de la pire racaille qu'on puisse imaginer...

Dans son imagination, Sh'Ull passa en revue les visages antipathiques de la cour du Lothmar. C'étaient tous des abrutis voulant obtenir des avantages des rakhanes, pensa-t-il. Parfois, ils se disaient qu'il devrait tous les faire exécuter d'un coup, dans le but de rappeler aux humains qui étaient les maîtres. Cette idée l'amusait. Par contre, il savait que cela créerait une période d'instabilité; il faudrait alors reformer une nouvelle cour, un nouveau réseau de pouvoir – qui deviendrait, avec le temps, tout aussi corrompu et peu fiable.

Sh'Ull fit une grimace de dégoût. Que les humains étaient difficiles à diriger! Malgré la peur qu'on pouvait instiller en eux, ils n'étaient jamais complètement soumis... jamais! Il fallait s'attendre à tout d'eux.

Peut-être le mieux serait-il de se débarrasser tout simplement de ce régime de gouvernance et de réduire tous les humains à l'esclavage? Sh'Ull y avait pensé souvent, en se demandant pourquoi les akdars tenaient à former ces gouvernements humains de pacotille. La réponse lui était venue de l'akdar au masque brisé, et elle était fort simple: pendant que les humains se battaient pour obtenir une illusion de pouvoir, ils ne songeaient pas à unir leurs forces pour se débarrasser de l'envahisseur. Donner des positions enviables à certains humains les séparait automatiquement en deux camps.

Oui, cela fonctionnait très bien, songea Sh'Ull. Mais, laisser un peu de liberté aux humains avait un désavantage: il fallait constamment veiller à ce que les manigances humaines n'aillent pas à l'encontre des intérêts des rakhanes. C'était là une tâche épuisante qui n'avait jamais de fin!

Et maintenant, il y avait Sorza, la femme de Leyron, qui commençait à se prendre pour la reine. Cela ne faisait que quelques mois qu'ils étaient époux. Une autre femme ayant profité de ses charmes pour séduire un gouverneur... le schéma classique, pensait Sh'Ull. Et cet imbécile de Leyron croyait qu'elle l'aimait! Le triple imbécile!

Au début, le nazmeth avait cru que Sorza n'était qu'une distraction pour Leyron, mais les semaines passaient et cette femme prenait de plus en plus de place à la cour. Le sorcier avait bien tenté de l'intimider, mais elle lui répondait d'un regard glacial. Elle semblait n'avoir peur de rien, et semblait encore plus rusée qu'un nazmeth, ce qui n'était pas peu dire! Elle devenait un cas dont il devait s'occuper...

Que les humains étaient difficiles à diriger!

Perdu dans ses pensées, Sh'Ull ne vit pas le reste du parcours se dérouler. Bientôt, il arriva devant une porte flanquée par deux rakhanes portant une épaisse armure hérissée de pointes, le visage couvert d'une visière. C'était les soldats d'élite de l'armée nammoréenne. L'un d'eux, un colosse aux cornes de bélier, ouvrit la porte au nazmeth rabougri. Sh'Ull entra dans ses appartements et se sépara de son escorte sans même la saluer.

Une fois dans la pièce, une servante vint le débarrasser de ses ornements, en gardant les yeux au sol d'un air soumis. Une fois allégé de ses bijoux, le sorcier alla s'asseoir dans un large fauteuil. Une autre servante vint lui apporter une boisson chaude, servie dans une large coupe dorée. À la suite de quoi, Sh'Ull leur commanda de débarrasser le plancher, car il voulait rester seul.

La pièce était spacieuse, pourtant il y régnait une atmosphère étouffante, tant elle était remplie d'objets de toutes sortes : des armoires finement ornées, de larges commodes, des bibliothèques surchargées de rouleaux et de babioles, une table de marbre sur laquelle des couverts étaient empilés, des fauteuils capitonnés qui n'avaient jamais reçu d'amis, des toiles gigantesques dépeignant des scènes de guerre, des sculptures maniérées… tout cela se mélangeait, en se vautrant dans l'inutilité, comme dans un entrepôt oublié. Ce lieu contrastait totalement avec l'austère grotte secrète. Ici, il y avait de tout, sauf un miroir.

Sh'Ull resta songeur. Le sorcier prit des gorgées de l'étrange boisson, en regardant par la fenêtre. Les deux quartiers de lune descendaient à l'horizon. La ville, qui n'était plus que ruines carbonisées, était devenue un gigantesque camp militaire. Elle scintillait, constellée de petits points lumineux; torches et lanternes éclairaient le passage des hommes et des rakhanes. Beaucoup de soldats des deux races parcouraient la nuit, à la recherche des distractions qu'on ne pouvait trouver que dans les ténèbres. Ils profitaient du moment, ne sachant pas quand ils allaient devoir partir en direction de l'Endriel pour tenter l'invasion.

Le nazmeth vida sa coupe et la laissa tomber par terre. Il était irrité, la détente ne venait pas.

L'invasion de l'Endriel... depuis combien de siècles, de millénaires, les Nammoréens attendaient-ils ce moment? Pourtant, ce n'était pas cette pensée qui accaparait le plus Sh'Ull, mais l'image tenace de Blanc. Une fois de plus, le jeune prince avait échappé à ses griffes. Il allait devoir recommencer, en trouvant un nouveau chemin pour l'atteindre. L'akdar au masque doré insistait: l'enfant ne devait pas voir un autre été.

Pourquoi voulait-il tant éliminer cet être insignifiant? Sh'Ull l'avait déjà questionné à ce sujet, mais le masque avait répondu par une onde de torture. Sujet tabou! Le nazmeth en avait déduit que l'enfant était une véritable menace et que l'akdar masquait une faiblesse...

Rien d'étonnant, les akdars masquaient bien des secrets.

Reste près de moi

Uriss courait, en dévalant une pente rocheuse. Son être tout entier n'était plus qu'urgence. Il courait, telle une proie pourchassée par la terreur; il courait pour dépasser la course même du temps.

Kaïn, à sa droite. Fou de panique, fou de joie, fou de ne plus savoir qu'une chose: la pente qu'ils venaient d'emprunter n'avait que deux issues – la mort, ou la liberté.

Et ils allaient être bientôt fixés!

«Craaaaa-crack!», le son provenait de derrière. Le destin s'apprêtait à s'écraser sur eux, de tout son poids.

C'était le krall! Il était resté un instant suspendu au bord de la piste; mais maintenant, il dévalait le versant de la vallée, en entraînant avec lui les malheureux qui y étaient encore enchaînés.

Entre deux battements de cœur, Kaïn jeta un coup d'œil par-dessus son épaule. Le chariot monstrueux était sur leurs talons!

— À droite! hurla-t-il, en tirant Uriss vers lui.

C'était brutal, mais moins qu'un chariot endiablé vous passant sur le corps. Les immenses roues métalliques passèrent en trombe, à un doigt d'Uriss. Elles faisaient un bruit à fendre le crâne, en heurtant la pente rocheuse. La vibration pénétrait jusqu'aux os des deux hommes, en faisant vibrer les chaînes qui reliaient leurs poignets et leurs cous.

Pendant une seconde, ils crurent que le krall ne leur causerait plus d'ennui. Il fonçait à toute vitesse vers un amas de rochers massifs… tout juste avant l'impact, ils comprirent le danger : « Les armes ! »

Les esclaves en fuite avaient défait plusieurs paquets, et leurs contenus s'entrechoquaient violemment sur la plateforme, prêts à jaillir. Uriss et Kaïn devaient se mettre à l'abri immédiatement !

Une seule solution : se jeter à plat ventre par terre.

Ils étaient encore dans leur élan, lorsque le krall se fracassa contre les rochers. Ce fut le hurlement du bois qui fend en embrassant la pierre, suivi d'un essaim d'armes qui s'envole en s'entrechoquant, recouvrant tout d'une ombre mortelle.

Sauter !

Fermer les yeux devant la pluie de lames qui sifflent tout autour. Les sentir découper les fruits du destin – en tranches toujours plus minces, toujours plus serrées. Les entendre apprêter la mort de leurs doigts d'argent…

Entre ciel et terre, lames et hommes s'approchèrent, se croisèrent…

Sans se toucher.

Incroyable sourire des artisans du destin.

Atterrissage.

Uriss et Kaïn embrassèrent le sol dur, roulèrent sur eux-mêmes et s'emmêlèrent dans leurs chaînes. Le reste de la tempête de métal passa au-dessus d'eux. Les éclats heurtèrent la pente rocheuse, en exprimant un mécontentement strident.

Les deux esclaves se relevèrent rapidement, même si leurs corps n'étaient plus que contusions sur contusions. Il était hors de question de traîner !

Ils avaient évité d'être écrasés par le krall. Ils avaient évité d'être réduits en charpie par les lames. Mais, il y avait toujours cette autre menace : on les poursuivait !

L'explosion mugissante du chariot d'esclaves fit place aux cris des rakhanes qui approchaient. Les échos de leurs voix gutturales résonnaient au-dessus du spectacle effroyable qui s'offrait maintenant aux deux hommes haletants. Le krall était devenu un navire échoué contre le désespoir. La plateforme démantibulée s'accouplait aux rochers, en épousant maladroitement leurs formes. Le poteau central ressemblait à un mât tanguant sur une mer figée. Le drapeau noir et or du Nammor'Ant pendait à son sommet, immobile, capitulant. Les chaînes des esclaves qui étaient encore accrochées au chariot formaient une sinistre dentelle de fer; au sein de laquelle se trouvaient plusieurs êtres sans nom y remuaient et gémissaient encore, alors que d'autres restaient immobiles et silencieux...

Comment les événements avaient-ils pu si mal tourner?

◆

Tout commença par un simple calcul.

Dans la tête de Kaïn, les pensées bourdonnaient habituellement autour d'un seul sujet : l'évasion. Ce désir était si puissant qu'il était resté bien vivant, même après que le reste de la personne de Kaïn se soit effrité, lacéré par le pouvoir dégénératif de la Montagne Noire.

Il avait fui Rihel, il voulait maintenant fuir So'Ghol, comme il avait fui devant le regard de Méliore... Ce souvenir refaisait constamment surface, même s'il ne pouvait plus rien nommer de ce qu'il y voyait. Cette image, pourquoi refusait-elle de sombrer dans l'oubli, comme les autres? Il la repoussait violemment, à chaque fois. Il pouvait soutenir toutes les exactions des rakhanes, mais un regard clair le faisait trembler!

Alors, il revenait à ses calculs. Là, il se sentait chez lui. Il pouvait de nouveau aspirer à contrôler quelque chose.

Le convoi faisait route vers le morne horizon, et l'obsession de Kaïn grandissait constamment. Un désir qui le démangeait, comme une blessure refusant de se refermer, une folie fiévreuse autour de laquelle se centrait son être. L'occasion... Inévitablement, il se présenterait une occasion, une proie qu'il était prêt à saisir, à mordre au cou.

L'expédition roulait sur un chemin qui suivait le flanc d'un mont. Au pied de celui-ci, il y avait un vallon rocheux au creux duquel courait un ruisseau minuscule. Au sein de l'austère paysage, le ruisselet avait la prestance d'un fleuve, car l'eau, au cœur du Nammor'Ant, était aussi rare que la bienveillance dans les yeux d'un rakhane.

Le convoi dut s'y arrêter pour remplir ses réserves. Les bras des kralls furent remontés et les hommes purent se reposer au pied des étranges antennes. Les monstres détachèrent seulement quelques esclaves spécialement choisis parmi les plus soumis. Évidemment, Kaïn n'était pas du nombre...

Une nouvelle chaîne fut attachée autour du cou des élus. Les rakhanes s'en servaient comme d'une laisse pour mener les forçats au creux du vallon. Les esclaves remontaient la pente, avec une tige de métal sur leurs épaules, dont chaque bout avait été tordu à la façon d'un crochet; de grandes outres faites de plusieurs pièces de cuir était suspendue à chaque extrémité. De nombreux aller et retour étaient nécessaires pour remplir les réserves.

Kaïn observait avec grand intérêt ce processus fastidieux, assis par terre, en affichant une attitude faussement nonchalante. Sa respiration était lente. Ses yeux noirs, tendus, décochaient des flèches rapidement, d'un endroit à l'autre. Il tissait une toile entre les paramètres de la situation. La fébrile activité de sa pensée contrastait avec l'immobilité de son corps, qu'il gardait détendu, pour lui donner un maximum de repos avant d'exécuter le plan qu'il préparait de façon féline.

L'occasion...

Ce plan tournait autour d'un garde qui se tenait sur le bord de la route, à une douzaine de pas de Kaïn. Ce rakhane trouvait très divertissants les humains qui perdaient pied en s'affalant contre la pente, avec des outres pleines sur les épaules. Les prisonniers, restés en haut, ne voyaient pas ces scènes. Ils n'entendaient que les cris de l'esclave qui tombait, suivis d'une série de coups de fouet et de cris plus aigus encore. Les gardes qui n'accompagnaient pas les porteurs d'eau regardaient le spectacle, postés le long de la route. Ils étaient toujours avides de divertissements sordides.

Uriss en avait le cœur tordu de mépris et de dégoût. Kaïn était plutôt concentré sur les rires, tonitruants et abrutis, du monstre posté près de lui. Son regard alternait entre le poignard, qui pendait à la ceinture de ce rakhane, et une fente dans son gilet de cuir, à la base de son dos. Cette fente appelait le poignard, par une magie suave, à laquelle Kaïn succomba – sans lutter outre mesure, il faut l'avouer : il détestait spécialement ce garde qui l'avait trop souvent salué de son fouet.

Kaïn compléta rapidement l'équation. Oui, il y avait des chances que cela fonctionne…

— Celui-là… fit-il pour lui-même, d'une voix à peine perceptible que seul Uriss entendit.

À ces mots, l'ancien roi comprit tout de suite que le point de non-retour était atteint.

— Reste près de moi, ajouta Kaïn.

Il s'était tourné vers Uriss, ses yeux étaient des braises. Il lui dit ces simples mots – ce n'était pas un conseil amical, c'était un ordre! Kaïn ne voulait pas se retrouver à court de chaînes au moment décisif où il devait frapper. Uriss le fixa avec une pointe d'appréhension. Le colosse passa ensuite son regard sur les autres esclaves enchaînés au même krall que lui.

— Préparez-vous à me suivre, souffla-t-il simplement.

La plupart des prisonniers eurent les entrailles tordues d'angoisse sous l'effet de ces paroles inflexibles. Mais, elles en poussèrent certains à secouer la poussière grise qui recouvrait leur courage.

Le rakhane qui était près d'eux éclata d'un nouveau rire. Kaïn s'élança sans hésitation. Uriss et ses compagnons furent surpris par cette rapidité et faillirent ne pas pouvoir suivre, en sautant dans cette danse dont Kaïn dictait le tempo. En quelques grandes enjambées, le colosse fut sur le garde.

Le rire s'interrompit de façon abrupte : la teneur en fer de ce rakhane venait soudainement d'augmenter. Le monstre tomba sur ses genoux, le poignard dans le dos, toujours entre les mains de Kaïn. L'homme retint le garde pour qu'il ne bascule pas dans la pente. Voyant cela, les rakhanes descendus dans la vallée poussèrent des cris, en remontant armes aux poings. Le colosse s'en occuperait plus tard : un des gardes postés sur la route bondissait déjà vers lui !

Kaïn resta, une seconde, dans une terrible immobilité; sa main gauche sous la mâchoire du rakhane qu'il venait d'abattre et sa droite serrant le poignard, dans le dos de ce dernier. L'homme fixait le rakhane qui courait vers lui de ses yeux noirs : un regard qui contenait déjà la mort. Du même geste, Kaïn sortit le poignard du dos du premier pour le lancer dans la gorge du deuxième.

— Abaissez le levier ! hurla le colosse.

Un esclave vaillant traversa la foule de ses confrères paralysés par la peur, lutta avec les chaînes, et se jeta sur le manche de métal à l'avant du krall. Il libéra ainsi l'engrenage, permettant aux chaînes de se dérouler sur toute leur longueur. Le fauve qu'était devenu Kaïn pouvait maintenant étendre son territoire de chasse.

Déjà, des hommes montaient sur la plateforme afin de défaire les ballots pour s'emparer des armes qu'ils contenaient. Uriss aurait bien voulu, lui aussi, prendre possession d'une arme, mais les chaînes qui le reliaient à Kaïn ne se rendaient pas jusque-là. Il resta les mains vides, en regardant les rakhanes qui remontaient la pente d'un air sauvage. Kaïn poussa sa première victime, qu'il tenait encore, sur l'un de ces monstres rageurs, ce dernier dut faire un pas de côté pour l'éviter. Cela le retarda une seconde, juste assez longtemps pour permettre à Kaïn de s'emparer de l'épée qu'avait laissée tomber le deuxième rakhane qu'il avait abattu. L'homme envoya cette dernière rendre visite au crâne du monstre, juste au moment où il surgissait de la pente. Un nouveau cadavre dévala la pente en roulant sur lui-même. Uriss s'engagea à sa suite, pour s'emparer de son arme, mais fut arrêté dans son élan; déjà, Kaïn – qui ne se souciait pas de lui – se dirigeait vers le krall pour rejoindre les autres esclaves.

Lever une armée! Prendre possession du krall! En faire un territoire souverain! Transporté par l'ivresse de la bataille, Kaïn ne se contenait plus. Les monstres tombaient à un rythme affolant.

La prise de la plateforme du krall fut un combat où le sang noir des rakhanes fut mêlé à celui, rouge, des hommes. Bien des esclaves suivirent le colosse dans sa révolte, en premier lieu Uriss, qui se découvrit une étonnante habileté à manier l'épée, bien qu'il ne se souvenait pas en avoir déjà tenu une dans ses mains. Peut-être avait-il été guerrier dans une autre vie?

Au milieu de la cohue et des chaînes, il fallut traîner ceux qui refusaient de se battre. Ces êtres désemparés ne faisaient qu'éviter les coups, en tremblant à l'idée de ce qu'allaient leur faire subir leurs tortionnaires, une fois que la révolte serait matée – ce qui, à leur avis, était inévitable!

La première rafale de rakhanes fut vaincu. L'hécatombe fut suivie d'un moment curieusement calme, interrompu seulement par les cris de rage de Kaïn. Il invectivait les esclaves des autres kralls : ils ne s'étaient pas révoltés! Ces lâches avaient regardé le spectacle sans rien faire, immobilisés par la peur!

Les esclaves rebelles, dégoûtés, sentaient que la situation allait leur échapper. Les rakhanes des autres kralls, qui hésitaient auparavant à laisser leurs chariots sans défense pour porter secours à leurs semblables sous les coups de la rébellion, n'hésitaient plus maintenant, ayant réalisé la lâcheté de leurs subordonnés. Ils se rassemblaient, laissant seulement quelques gardes en poste sur chaque plateforme. La horde avançait à présent vers le krall des rebelles, déterminée à en finir rapidement. Leur supériorité numérique ne laissait aucun doute sur l'issue de la bataille à venir...

Ce détail n'intimidait pas Kaïn. Il était prêt, avec dans sa main droite une épée, trempée de sang noir, et dans la gauche un poignard, qu'il tenait lame renversée. Il était avide de batailles. Il poussait des cris de guerre et faisait des moulinets avec son épée, en frappant la plateforme pour intimider l'adversaire; ce qui eut un effet sur certains rakhanes qui décidèrent de laisser passer – subtilement – les autres devant eux.

Les autres esclaves rebelles, qui n'avaient pas autant d'assurance au combat que Kaïn, commençaient à paniquer. Ils étaient certains que les rakhanes allaient les exterminer sans pitié, même s'ils se rendaient! Plusieurs comprenaient le ridicule de leur révolte improvisée. Qu'auraient-ils pu faire une fois libre, perdus au sein de l'enfer gris du Nammor'Ant? L'angoisse paralysait les hommes, et Kaïn tenta de les stimuler:

— Tenez-vous prêts à vous battre! clama-t-il. Tenez-vous prêts à mourir en hommes libres! Montrez-leur que les humains ne se soumettront jamais, peu importe le nombre de coups de fouet!

Kaïn lui-même s'était souvent moqué de ce genre de discours, lors du siège de Rihel. S'il s'en était souvenu, il en aurait été malade de honte.

Trois phrases... c'était la plus longue allocution entendue par les hommes depuis longtemps! Mais, elle n'eut pas un grand effet sur eux, la plupart ne se souvenaient pas du sens du mot «liberté». Peu intéressé à en discuter, l'un des esclaves prit l'initiative d'abaisser le levier du frein qui retenait le krall. Pour lui, l'éternel dilemme entre fuir et combattre était résolu depuis toujours.

Un simple déclic indiqua que les roues étaient maintenant libres. Pendant quelques secondes, il ne se passa rien, puis le krall se mit à avancer en s'éloignant des rakhanes. La pente était légère, mais elle faisait son œuvre. Tout d'abord, le mouvement fut imperceptible, puis il alla en s'accélérant…

Les gardes pressèrent le pas.

Les prisonniers, en cercle autour du poteau central, échangèrent des regards inquiets. Dans leurs yeux consternés vibrait cette question : «Qu'est-ce qui est le plus dangereux : un groupe de rakhanes enragés, ou un chariot incontrôlable qui vous entraîne de plus en plus vite sur une pente ?»

Uriss mit fin à cette discussion silencieuse en jetant au milieu du groupe le contenu d'un ballot qu'il venait d'ouvrir. Marteaux et burins se répandirent sur la plateforme vibrante. Ces outils destinés à tailler les pierres devaient maintenant leur tailler un chemin vers la liberté.

L'hystérie s'empara des hommes : chacun pour soi ! Agenouillés sur la plateforme, ils tentaient fiévreusement de briser les chaînes de leur servitude. La cohorte des rakhanes courait derrière, ils avaient peine à rattraper le krall qui roulait de plus en plus vite.

Une courbe s'annonça, le chariot allait s'y engager à toute vitesse !

Kaïn réussit à briser le lien qui le reliait à la chaîne d'esclaves. Il émit un rugissement euphorique qui se perdit dans le vacarme. Uriss, quant à lui, se rua immédiatement sur le frein.

Les roues arrière du krall raclèrent le sol pierreux. Les hommes culbutèrent vers l'avant et plusieurs furent blessés par les armes qui se mélangeaient sur la plateforme. Puis le krall s'arrêta… l'avant suspendu au-dessus de la pente !

Équilibre précaire. Le poids des énormes bras redressés du krall menaçait à tout moment de le faire basculer dans la pente abrupte.

Uriss jeta un regard désemparé sur les esclaves. Certains étaient blessés; d'autres, ayant brisé leurs attaches, détalaient sans se retourner. Plusieurs continuaient à marteler leurs chaînes, le roi sans nom fit un pas vers eux, prit du désir de les aider. Une forte tension l'en empêcha : Kaïn sautait en bas de la plateforme, l'entraînant avec lui – l'altruisme n'était pas sa principale qualité !

Personne ne peut sauver tout le monde. Uriss fut entrainé à contrecœur. Heureusement pour lui, car le krall ne tarda pas à aller s'écraser furieusement contre les rochers...

◆

La course folle ! Les nerfs tendus jusqu'au point de rupture. Le souffle râpeux des rakhanes qui se rapprochent.

S'éloigner des restes du krall le plus vite possible !

En un ballet disgracieux, Uriss et Kaïn évitaient les multiples rochers qui jonchaient la pente. Lorsque l'un d'eux titubait, ils échangeaient des regards dans lesquels passaient tonnerre et éclair. Il aurait suffi d'une chute, pour que les monstres les rattrapent ! Une peur primitive s'était emparée d'eux. Courir ! C'était la seule action que l'instinct commandait.

Ils atteignirent enfin le bas du vallon. Fallait-il aller vers à gauche ou à droite ? Ils optèrent vers la gauche, parce qu'il leur semblait que cela les éloignait du convoi. Mais, pouvait-on se fier à son sens de l'orientation, lorsque la peur mélangeait tout ?

Courir !

Ils suivirent le lit du ruisselet, des perles d'eau montaient jusqu'à leurs visages. Un peu de fraîcheur en enfer.

Ils entendaient également des bruits provenant de l'arrière... comment semer ces fichus rakhanes ? Les gardes s'étaient divisés en plusieurs groupes, afin de retrouver tous les fugitifs. Derrière les deux hommes de Rihel, ils étaient une douzaine de poursuivants.

Le vallon se mit à rétrécir, c'était maintenant un défilé serpentant nerveusement. Les pentes étaient maintenant très escarpées et les deux fugitifs sentaient que cet entonnoir allait bientôt les étrangler.

Et les poumons qui brûlaient. Et la sueur qui se vaporisait sur la peau bouillante. Et l'épuisement qui confondait tout jusqu'à ce que la vie et la mort n'aient plus de contours. Courir jusqu'à laisser des marques rouges sur la pierre rude.

Un ultime détour... qui déboucha sur l'inattendu : le ruisseau continuait son chemin dans la paroi rocheuse.

Une grotte !

L'entrée était juste assez grande pour qu'Uriss et Kaïn puissent s'y enfoncer, ce qu'ils firent sans hésiter. Un voile de noirceur les fit sitôt disparaître aux yeux de leurs poursuivants.

Une nouvelle chance de survivre s'offrait à eux. Les deux hommes auraient sans doute remercié les artisans du destin, s'ils s'étaient souvenus de leur existence ! L'obscurité devint totale. À tâtons, ils suivirent un long corridor tortueux, aiguillonnés par le tumulte provenant de leurs adversaires invisibles. À cause de l'écho affolant, il était impossible de savoir à quelle distance ils se trouvaient. Seule certitude : leurs vociférations confirmaient qu'eux aussi trouvaient l'avancée difficile.

Les fugitifs débouchèrent sur ce qui semblait être une caverne. C'était comme arriver dans l'estomac d'un géant de pierre qui vous aurait avalé, seulement pour être digéré par son obscurité.

Cette caverne était occupée par un lac. Les fugitifs descendirent dans l'onde cachée, dont le niveau leur arrivait au bassin. C'était une bénédiction, car les rakhanes détestaient patauger dans l'eau! Leurs rugissements redoublèrent d'intensité; amplifiés par la grotte, ils devinrent assourdissants. Au milieu de cette cacophonie, les deux esclaves avancèrent à l'aveuglette, soumis à l'étreinte glaciale du lac.

Le bruissement léger de l'eau qui tombe. Ce fut Uriss qui l'entendit le premier, à travers les cris de leurs poursuivants. Il y concentra toute son attention, c'était peut-être le fil conduisant hors des ténèbres. Kaïn était réticent à ce qu'Uriss dirige leur marche. L'ancien souverain insistait en tirant sur la chaîne sombre:

— Par là, il y a… quelque chose!

Il aurait voulu dire: «Une chute! Une cascade!», mais il avait oublié ces mots. Le colosse le suivit, faute d'avoir trouvé lui-même une meilleure direction. Puis, comme Uriss, il se mit à entendre la petite chute. Le chuchotement harmonieux de l'eau s'opposait aux hurlements chaotiques des rakhanes, deux extrêmes qui se livraient bataille dans leurs oreilles.

Uriss gardait le bras gauche tendu devant lui, comme s'il tentait d'attraper le frémissement de la cascade. Son bras droit appartenait à Kaïn. Après un long moment à pétrir l'air, sa main atteignit une paroi ruisselante d'eau.

Pendant ce temps, derrière eux, la cacophonie diminuait. Était-il possible que les rakhanes abandonnent la poursuite? Les bruits ne trompaient pas: ils quittaient la grotte. Du moins, une partie d'entre eux…

Uriss et Kaïn restèrent un moment dos à la petite chute, à reprendre leur souffle. Les ténèbres les pétrissaient d'angoisse… Puis, ils entendirent quelques rakhanes qui grommelaient leur insatisfaction. Ils semblaient se tenir à l'entrée de la salle, sur les berges du lac souterrain. Qu'attendaient-ils?

Quelques minutes passèrent, au rythme frénétique des pensées d'Uriss et de Kaïn. Que pouvaient-ils faire? Ils semblaient se trouver dans un cul-de-sac et les rakhanes bloquaient la seule issue. De plus, l'eau froide commençait à leur donner des frissons. Peut-être pouvaient-ils escalader la cascade, pensa Uriss... mais une telle opération de ce noir opaque paraissait suicidaire.

Ce fut alors qu'une lueur jaunâtre se mit à barbouiller des formes sur les parois de la grotte. La présence crépusculaire envahit rapidement la caverne. Les rakhanes étaient allés chercher une source de lumière, c'était les mêmes bâtons luminescents qu'ils utilisaient pour s'éclairer à So'Rah. La pénombre chancelante découpait les grimaces des monstres furieux, comme de grotesques masques de carnaval. Ils avançaient maintenant vers leurs proies!

La lumière trouble rappela à Uriss et Kaïn leur séjour sur les eaux glauques de So'Rah. Cela fouetta leur courage: ils étaient prêts à tout pour ne pas y retourner!

Ils se mirent à escalader la paroi, à remonter vers la source. Dans quelle autre entreprise impossible venaient de s'engager les fugitifs? La cascade creusait la pierre depuis des millénaires... préparait-elle ainsi le chemin d'évasion des deux hommes? Les endroits où s'agripper, si étroits et lisses qu'ils fussent, permettaient d'avancer vers le haut. Uriss était meilleur à ce jeu que Kaïn, il avait pris les devants. Parfois, une forte tension tirait sur sa main droite, car le colosse passa près de tomber plus d'une fois!

L'ancien roi serrait les dents... «Tiens bon, tiens bon, tiens bon!» répétait-il tout bas, sa vie suspendue au bout d'une chaîne maudite.

Lorsque les rakhanes arrivèrent au pied de la chute, les deux hommes étaient hors d'atteinte. Quelques-uns des gardes projetèrent leurs lances, elles rebondirent contre la paroi rocheuse et leur résonance glaça le sang des deux esclaves.

— Venez donc nous chercher, bande d'affreux! ne put s'empêcher de les narguer Kaïn, en se penchant vers eux.

Uriss le tira vers l'arrière, une lance siffla à son oreille. Le choc strident résonna. Ce n'était pas passé loin !

— Imbécile !

Uriss eut des frissons à l'idée qu'il aurait pu être obligé de s'enfuir en traînant un cadavre. Kaïn grommela, alors qu'ils s'engageaient ensemble dans le tunnel d'où provenait le ruisseau. Au bas de la chute, ils entendaient les gardes ergoter vigoureusement pour savoir qui allait tenter l'escalade le premier, les fugitifs avaient le temps de prendre une avance !

Le tunnel devenait de plus en plus étroit, ils devaient maintenant ramper dans l'eau noire et froide. L'obscurité redevint totale. Ils entendaient parfois le bruit d'un corps tombant dans l'eau, accompagné de quelques râles. Difficile d'escalader une cascade... Uriss et Kaïn eux-mêmes ne réalisaient pas encore la chance qu'ils avaient eue – incroyable ce que l'on peut accomplir lorsqu'on n'a pas le choix !

Puis, les bruits de leurs poursuivants s'effacèrent, pour ne laisser place qu'à celui de leur souffle. Uriss était devant. Il était rassuré à l'idée que Kaïn se trouve entre lui et les rakhanes, car l'être capable de remettre ce tigre en cage n'était peut-être pas encore né...

À plat ventre dans l'eau, avec le corps endolori par la pierre, ils s'obstinèrent longtemps à avancer dans ce monde étriqué et humide. Ils avaient du mal à juger leur progression : dix pas, cent mètres ou un kilomètre ? Ils s'attendaient à ce que le passage devienne trop étroit d'un instant à l'autre, les forçant à rebrousser chemin, mais il n'en fut pas ainsi.

Les deux fugitifs ne l'avaient pas encore réalisé, mais, depuis quelques minutes, ils voyaient ! Très peu, presque rien : les fantômes gris de leurs mains qui flottaient sous leurs yeux. Il y avait bel et bien de la lumière, et de l'air frais ! Quelques rubans de jour froid apparurent devant les yeux d'Uriss. Il émergeait enfin d'un long et pénible accouchement. Il regarda vers le haut, pour réaliser que la grotte était jointe à une faille. Rapidement, la fracture s'ouvrit assez pour que lui et Kaïn puissent se tenir debout. Peut-être allaient-ils bientôt pouvoir sortir de ce pétrin.

Les deux fugitifs marchèrent un moment, avec méfiance. Ils sursautèrent lorsqu'ils entendirent des bruits de pas. Ils furent doublement surpris, car le son ne venait pas de derrière, mais de devant! Pas de doute, c'était bien la démarche bringuebalante des rakhanes. Plutôt que de s'acharner à escalader la dangereuse cascade, ils s'étaient mis à la recherche d'un autre accès à la grotte... Ils étaient plus rusés que prévu!

Les deux hommes se collèrent contre un angle de la paroi. Les bruits de pas cessèrent un instant, peut-être les avait-on entendus... Puis la marche reprit, lente et perplexe.

Uriss et Kaïn échangèrent un regard. Aucune hésitation permise, il fallait agir vite avant que l'un d'eux sonne l'alerte! Lentement, Uriss plia les genoux pour s'emparer d'une pierre. Kaïn, quant à lui, avait une autre idée en tête. Il se mit à la droite d'Uriss et saisit à deux mains les extrémités de la chaîne noire qui reliait leurs poignets. Le lugubre collier prenait les airs d'un fouet prêt à l'attaque.

Les deux hommes guettèrent la paroi devant eux, en retenant leur souffle. Des ombres floues s'y glissèrent. Puis, une lame parut derrière l'angle rocheux, suivit d'une main griffue et mordorée.

Kaïn lança la chaîne à la hauteur du visage du monstre. Les deux hommes entendirent un grand fracas, suivi d'un mugissement de douleur. Le colosse avait frappé fort... et dans le mille! Avant même que les deux autres monstres puissent réagir, il enroula la chaîne autour du cou du garde blessé. Il en fit un serpent étrangleur.

Uriss lança sa pierre en direction du second rakhane, celui-ci leva le bras pour la parer. Cela laissa le temps à l'homme de s'emparer de l'épée du monstre que Kaïn avait pris au piège, juste à temps pour bloquer un coup porté par le troisième garde. Le son strident de deux lames qui se rencontrent. Habilement, Uriss passa le monstre au fil de l'épée, alors que l'autre détalait en poussant des couinements d'animal apeuré.

Uriss se tourna vers Kaïn. Celui-ci finissait son travail en serrant la chaîne autour du cou qu'il avait pris au piège. En le voyant faire, l'ancien roi eut la gorge serrée. Un vague souvenir passa tel un battement d'ailes. Kaïn avait déjà tenté de lui faire subir le même sort, dans l'arène, face au masque d'or...

Le rakhane rendit un dernier et pénible soupir. Immédiatement, ils partirent à la poursuite du garde en fuite.

Les rôles étaient inversés.

Ils le trouvèrent en train d'escalader un éboulement menant hors de la fracture rocheuse. Le monstre tremblait de peur, ils n'eurent pas de difficulté à le rattraper. Il donnait des coups de pied, mais Kaïn s'en moquait. Il réussit à le saisir par la ceinture et tira vigoureusement pour lui faire perdre l'équilibre. Le rakhane bascula à la renverse et s'écrasa dans la faille.

Les deux hommes le retrouvèrent au pied de l'éboulement. Il semblait mort, mais ils n'avaient pas envie de toucher sa peau graisseuse afin de vérifier son pouls. Le colosse s'empara plutôt de l'épée du monstre et confirma le décès à sa façon : en la lui plantant dans le cœur.

Les fugitifs traînèrent les trois corps et les cachèrent profondément dans le tunnel de pierre. Puis, ils patientèrent, leurs armes nouvellement acquises entre les mains, en guettant la possibilité que d'autres gardes viennent. Ils restèrent assis à l'abri du petit porche triangulaire de la caverne, de façon à ce que les monstres ne puissent les voir d'en haut.

Ainsi, ils attendirent...

Longtemps...

Sans dire un mot.

Ils entendirent quelques lointains cris de rakhanes, plus tard suivis de la vibration d'un gong sonnant le rassemblement, puis de la sourde rumeur du convoi se mettant en branle.

Ensuite, plus rien.

L'encre de la nuit se distillait dans l'air, telle la puanteur des corps qu'ils avaient entreposés.

Au fil des heures, Kaïn fixait parfois Uriss d'un inquiétant regard. Le roi anonyme ne pouvait s'y dérober. Pourquoi avait-il l'impression que le colosse aurait préféré que ce soit son cou, et non celui du rakhane, qui se soit retrouvé entre les chaînes?

L'Éveilleur

L'atmosphère était survoltée, dans la Salle du Trône d'Endriel. Les conseillers et conseillères du royaume, ainsi que les hauts gradés de l'armée, étaient rassemblés autour du roi Armistal et de la reine Izelle. Un espion était revenu de Rihel; le pauvre se tenait au milieu de la salle, intimidé par le tollé qu'avait soulevé son annonce : l'armée nammoréenne venait, encore une fois, de recevoir des renforts. Les bataillons s'accumulaient autour de Rihel, tels les énormes nuages noirs d'un orage prêt à éclater à tout moment.

Cette nouvelle avait réanimé le dilemme qui divisait le royaume depuis des lunes : valait-il mieux attaquer les rakhanes maintenant, ou attendre qu'ils viennent eux-mêmes frapper aux portes de la muraille ?

La question était de nouveau lancée et les partisans de chaque option essayaient de faire entendre leurs arguments, à travers le brouhaha. Assis au premier rang de l'estrade, les ivataris, dont Jad, Iridia, Kahel, Ardana et Akar, ainsi que le chevalier Raygone, ne participèrent pas à ce jeu futile.

Armistal resta un moment pensif, observant l'assemblée qui prenait des airs de cours d'école. Certains des dignitaires faisaient montre de bien peu de dignité, en insultant leurs opposants. Rapidement, le roi se lassa du spectacle et se leva. Il se tint immobile jusqu'à ce que le calme soit revenu – ce qui ne tarda pas, tellement son regard était sévère.

— Que dirait le peuple du royaume, s'il voyait ceux qui les représentent se comporter comme des enfants mal élevés ? dit lentement Armistal. Heureusement pour vous, les murs de la Citadelle empêchent vos mots de voler jusqu'à eux !

Personne n'osa protester et bien des regards s'abaissèrent, sous le poids du silence embarrassé.

— Si vous n'avez pas d'autres informations à nous transmettre, continua le roi à l'intention de l'espion, vous pouvez disposer.

Celui-ci salua le souverain en s'inclinant, puis s'en retourna, heureux de quitter la lourde atmosphère.

Armistal reprit place sur le trône, il était décidé à vider la question :

— Alors, peut-être pouvez-vous m'expliquer à tour de rôle vos points de vue ?

Le scribe trempa sa plume, l'après-midi s'annonçait chargé !

Les premiers à prendre la parole furent les ivataris, qui n'étaient pas favorables à l'idée d'aller attaquer l'ennemi sur son propre terrain. Leur position était connue, ils ne s'étalèrent donc pas sur le sujet.

Le reste fut une succession d'arguments et de contre-arguments :

« Ce serait l'occasion de prendre le contrôle de cette guerre, en attaquant les premiers. »

« Mais, peut-être que c'est ce que veulent les rakhanes, puisqu'ils sont en position de force à Rihel. »

« Nous avons la possibilité de les écraser d'un coup. »

« Les attaques directes contre les rakhanes n'ont jamais été couronnées de succès. »

« Nous pourrions en même temps libérer le peuple du Lothmar. »

« Nous aurions une nouvelle position à tenir, si nous reprenons Rihel, nos forces ne sont pas assez nombreuses pour être ainsi divisées. »

« La meilleure défense, c'est l'attaque. »

«Les rakhanes connaissent les environs de Rihel par cœur. Notre meilleure défense, c'est la grande muraille.»

«Nous ne voulons pas d'une nouvelle guerre d'usure, nous voulons régler cela immédiatement.»

«Nous ne voulons pas envoyer nos soldats à la boucherie. L'armée ennemie est trop supérieure en nombre»…

Cela se poursuivit pendant des heures, obligeant le scribe à noircir plusieurs rouleaux de papier. Kahel donna un coup de coude à Akar pour le réveiller, lorsqu'Armistal se leva pour prendre de nouveau la parole, après que tous ceux qui le désiraient se fussent exprimés.

— Cela me désole de voir que les rakhanes ont encore une fois réussi à nous diviser. J'aimerais que l'on puisse parler d'une seule voix, mais il semble que sur cette question ce soit impossible. Il va donc falloir que je tranche, c'est mon devoir de roi…

Le souverain fut arrêté par l'irruption d'un des gardes postés à l'entrée de la salle du trône. Immédiatement, tous les regards se tournèrent vers lui, alors qu'il se tenait droit, en attendant qu'on lui donne la parole.

— Vous pouvez parler, garde, fit Armistal.

— Je suis désolé d'interrompre le conseil, mais il y a quelqu'un à la porte qui sollicite l'entrée.

— Nous avons déjà eu un après-midi bien rempli! répondit Armistal, irrité. Qu'il prenne rendez-vous avec le conseiller Amadeo pour lui faire part de ses doléances, et nous le recevrons un autre jour.

— Je suis désolé, je connais la procédure habituelle… Mais, cette personne m'a dit que vous accepteriez de la recevoir…

— Et quel est le nom de cette personne si importante?

— Il dit qu'il se nomme Vanor.

La salle fut aussitôt remplie de murmures. La surprise se lut sur le visage d'Armistal.

— Vanor, l'Éveilleur, le messager des Ivatars?

— C'est ce qu'il prétend être.

Les murmures redoublèrent d'intensité. Le roi se tourna vers les ivataris et les interrogea du regard. Ce fut Ardana qui le convainquit, en hochant simplement la tête en signe d'approbation. La sage voyante affichait un sourire rayonnant.

— Silence dans la salle! fit alors Armistal. Levez-vous.

Le conseil entier se leva. On pouvait voir certains visages mécontents, parmi les conseillers qui n'y croyaient pas.

— Qu'il entre, poursuivit le roi à l'intention du garde.

Quelques secondes plus tard, une figure vêtue d'une toge grise entra dans la salle du trône. C'était un homme âgé, doté d'une barbe et d'une longue chevelure grises; il avançait cependant d'une démarche souple et légère. Le bâton qu'il tenait était orné d'une pierre d'édama à son extrémité, de même que quelques feuilles vertes, signe que le bois était encore vivant.

La douce lueur qui émanait du lys, posé entre les deux trônes, s'intensifia en présence de l'Éveilleur. Lorsqu'ils virent Vanor, les ivataris, ainsi que le roi, la reine et quelques-uns des conseillers, se sentirent immédiatement apaisés. Par contre, certains des dignitaires présents étaient outrés de voir ce qui leur semblait être un gueux s'avancer jusqu'aux marches du trône. Vanor, quant à lui, offrit aux uns et aux autres un visage calme, alors qu'il s'approchait du centre de la salle.

— Salutations à vous, Vanor, dit le roi Armistal.

— Vous êtes le bienvenu chez vous, ajouta la reine Izelle. Si nous avions connu plus tôt votre arrivée à Céless, nous aurions pu vous accueillir avec les honneurs qui vous reviennent!

— Salutations à vous, nobles souverains d'Endriel, répondit l'Éveilleur. Salutations à tous! Rasseyez-vous. Je ne suis pas venu ici pour chercher les honneurs, sauf celui d'être entendu à cette cour.

— Nous vous écoutons, fit Armistal, en levant la main pour commander le calme.

Vanor prit la parole de sa voix forte et claire.

— Les Ivatars m'envoient vers vous. Je viens du Mont Silencieux, du Toit du Monde, pour vous apporter conseils. Mais, je ne peux offrir mon aide que là où elle est désirée, vous êtes libre de l'accepter. Il suffit d'un mot de votre part pour que je m'en retourne.

— Votre aide est bienvenue en cette période difficile, je vous prie de le croire! dit Armistal. Vous pouvez rester ici le temps qu'il vous plaira!

— Merci, noble souverain. Mais, je sens qu'il y a une profonde division au sein de votre conseil. Est-ce que ma présence en serait la cause?

— Non... la cause, ce sont les rakhanes, comme toujours! Nous en sommes à la première étape de la guerre : la guerre des mots! Il est difficile de trouver une stratégie qui fasse l'unanimité.

— Oui, c'est une situation à laquelle j'ai souvent assisté. Les mots peuvent devenir un filet dans lequel on peut s'empêtrer.

— Je suis de votre avis et je vais faire en sorte que cela n'arrive pas.

À ce moment, l'un des conseillers se permit une interruption.

— Et comment prendrez-vous cette décision? En écoutant les conseils de cet étranger, plutôt que les nôtres?

Celui qui avait parlé ainsi était Jokull d'Éhovalon, un homme au tempérament bouillant. Un mélange de murmures d'approbation et de désapprobation s'éleva dans la salle. Aussitôt, Armistal coupa d'un ton sec :

— Vous n'avez pas la parole, conseiller Jokull!

— Je devrais rester sans rien dire, alors que notre roi écoute le premier mendiant venu? répliqua Jokull, en remuant son épaisse moustache noire.

Armistal allait répondre, mais Vanor leva la main pour l'interrompre.

— Laissez, noble souverain, dit l'Éveilleur. Puisque les questions de cet homme me concernent, il vaudrait mieux que j'y réponde directement.

Vanor se tourna vers Jokull; ce dernier, situé tout en haut de l'estrade, se leva. Il toisait maintenant le messager des Ivatars du haut de sa petite taille.

— Pourquoi devrions-nous vous écouter? lui lança le conseiller. Quelle preuve avons-nous que vous êtes bien celui que vous dites?

— C'est une question judicieuse, en effet, répondit Vanor, qui l'avait déjà entendu des centaines de fois. Vous avez raison, au cours des siècles, bien des imposteurs ont usurpé mon identité pour obtenir de l'influence. Alors, quelle preuve vous satisferait et vous confirmerait que je suis bien celui que je prétends être?

Jokull dut réfléchir un moment avant de répondre.

— Eh bien, Vanor est une sorte de mage immortel, selon ce que dit la légende – et cela ne veut pas dire que je crois cette légende. Donc, je suppose que si vous pouviez faire de la magie, ce serait une preuve.

— Peut-être... mais Vanor n'est pas le seul à utiliser la magie. Bien des mages le peuvent, et les ivataris le peuvent également. D'autres encore produisent une illusion de magie encore plus spectaculaire que la vraie. Alors, est-ce que vous êtes sûr que cela permettrait d'effacer vos doutes?

Le conseiller hésita un instant. Le regard clair de Vanor commençait à le mettre mal à l'aise.

— Non... Je crois que j'aurais toujours des doutes. Si vous utilisez la magie, je ne serais pas convaincu. Je me demanderais seulement comment vous avez réalisé ce tour de passe-passe.

— C'est cela! Vous resteriez accroché à des détails sans

importance, au lieu de vous intéresser à ce qui importe vraiment.

— Et qu'est-ce qui importe vraiment ? questionna Jokull, toujours avec méfiance.

— Mes paroles, répondit simplement l'Éveilleur.

— Voyez-vous cela ! Vous êtes venu ici seulement pour parler ? Je suppose que vous voulez nous faire peur en jouant les prophètes ?

— Je n'apporte pas de prophétie. Cela ne vous serait pas utile. Sitôt une sombre prophétie annoncée aux humains qu'ils s'empressent de la réaliser. Et si la prophétie annonce du bonheur, ils deviennent paresseux et se mettent à croire que cela leur est dû. Non, je n'apporte pas de prophétie. Pas de ciel qui va vous tomber sur la tête, pas d'Élu qui réglera vos problèmes à votre place. Je préfère vous apprendre à tenir vous-même les rênes de votre destin.

La ferme assurance avec laquelle Vanor parlait, son rythme calme et posé, irritait Jokull. Il avait l'impression de toiser un pilier inébranlable sur lequel il n'avait aucune prise.

— Peu importe ce que vous avez à dire, cela n'a pas sa place dans cette cour, enchaîna-t-il d'un ton hargneux. Si vous voulez prêcher, allez au temple ! Les conseils sont faits pour discuter de choses importantes. Nous devons nous occuper de problèmes concrets ! Peu importe qui vous êtes, partez et laissez-nous travailler !

Des murmures s'élevèrent. La cour était de nouveau divisée, entre ceux qui croyaient en l'identité de Vanor et ceux qui voulaient être débarrassés de sa présence. Armistal dut, de nouveau, se lever pour ramener la cour à l'ordre :

— Votre reine ainsi que moi-même sommes convaincus que cet être est bien Vanor, l'Éveilleur ! Les ivataris le reconnaissent, et l'éclat du lys est plus clair en sa présence. Cela n'est-il pas une preuve suffisante ? Depuis des millénaires, il a conseillé les souverains de tous les royaumes. C'est une grâce qu'il nous fait en venant ici !

L'intensité des murmures diminua et plusieurs sceptiques se rangèrent derrière le roi Armistal.

— Moi je dis : peu importe ! répliqua Jokull, sans se laisser démonter. Il n'a pas sa place ici. Cet être est un étranger, il ne peut rien nous apporter d'utile !

— Et qu'est-ce qui, selon vous, serait utile ? lui répondit Vanor.

— Encore des questions… fit le conseiller, en serrant les dents. C'est un conseil de guerre, ici ! Le destin du royaume est en jeu, des millions de vies ! Et vous voulez qu'on vous écoute philosopher ?

— Non, vous avez raison. C'est le temps des décisions.

Cette réponse surprit le conseiller. Ne sachant plus quoi répondre, il regarda Vanor se tourner vers Armistal, toujours debout.

— Alors, si j'ai bien entendu votre discussion, fit l'Éveilleur à l'intention du roi, vous vous demandez quelle est la meilleure stratégie : attaquer maintenant ou rester à l'intérieur des défenses. Roi Armistal, vous avez décidé de trancher. Quel est votre choix ?

Le souverain était hésitant.

— J'ai encore besoin d'y réfléchir… répondit-il.

— Vous y avez suffisamment réfléchi, fit directement Vanor. La pire posture est une trop longue indécision. Mais, ce n'est pas votre cas, n'est-ce pas ? Je sens que vous avez déjà fait votre choix. Oubliez tous ces discours et écoutez en vous-même.

Le silence tomba sur la cour. Les regards se tournèrent vers le roi, qui, lui-même, fixait les yeux azur de l'Éveilleur. Au bout d'un moment, il inspira profondément, avant d'annoncer sa décision :

— Nous ne tenterons pas d'attaque préventive contre Rihel.

La phrase souleva un tollé de la part de ceux qui désapprouvaient la décision, les autres se mirent à applaudir. Le roi poursuivit sans se laisser déconcerter.

— Nous resterons à l'intérieur de la muraille, là où nous sommes les plus forts. Si l'ennemi vient frapper à notre porte, il nous trouvera!

Le roi reprit place sur son trône, son regard était déterminé. Il laissa le calme revenir peu à peu dans la salle surchauffée. Lorsque ce fut fait, il reprit la parole, s'adressant à toute l'assemblée.

— Ce fut un conseil mouvementé, et je suis sûr qu'il y en aura d'autres! C'est bien, car je compte sur vous pour me dire ce que vous pensez vraiment, et non pour m'enjôler de vos belles paroles. Par contre, c'est mon devoir de roi d'empêcher toute stagnation. Nous devons constamment aller vers l'avant! Aujourd'hui, j'ai pris une décision pour régler une discorde. Je m'attends à ce que mon choix soit respecté, afin que nos forces restent unies.

Armistal marqua une pause. Les conseillers et conseillères réunis devant lui affichaient un air grave. Certains ne cachaient pas leur mécontentement – en particulier Jokull. Le roi pensa qu'il devait seulement leur laisser le temps de digérer les événements de la journée.

— Cette assemblée tire à sa fin, reprit-il. Vanor, vous nous faites l'honneur de votre présence à cette cour. La moindre des choses que je puisse faire pour vous remercier est de vous laisser le dernier mot…

Vanor inclina la tête en signe d'approbation. La pierre d'édama qui était insérée dans son bâton se mit à luire, et le cristal du vase dans lequel vivait le lys à trois fleurs brilla également, en lui répondant comme un écho. L'Éveilleur commença à parler, soudain plus solennel:

— Écoutez, vous qui êtes rassemblés ici en cette heure. Réjouissez-vous d'avoir encore ce bien précieux qu'est la liberté! Ne la gaspillez pas pour des futilités, ne la bradez pas pour de la pacotille, estimez-la à sa juste valeur. La liberté fait partie de vous, humains, et elle est ce que les forces sombres de So'Ghol veulent vous prendre, pour faire de vous leurs jouets. La Montagne Noire se sert de la peur pour nous mener vers les filets qu'elle tend adroitement. Déjà, je sens que plusieurs parmi vous sont terrifiés... Pourquoi? N'avez-vous pas confiance en la sagesse de la Lumière qui régit le monde? Ayez donc confiance! Les Vertus et les Puissances qui ont formé le monde ne vous ont pas oublié. Souvenez-vous d'elles, et, lorsque viendra la bataille, ne vous soumettez pas aux chimères de la peur.

» Vous devez rester unis devant la menace, car c'est la division qui a amené la chute des autres Trônes. Il y a trop d'humains qui s'associent aux rakhanes... Vous vous empressez souvent de les mépriser, vous les appelez «rakhus». Mais, il vous arrive à tous d'être comme eux... Chaque fois que vous tournez le dos à la Lumière, vous faites un pas de plus qui peut vous faire basculer de l'autre côté. Soyez donc vigilant! Ce n'est pas qu'avec l'épée à la main que vous pouvez sauver l'Endriel, mais aussi en incarnant jour après jour, heure après heure, les valeurs que vous avez fait le vœu de défendre.

Vanor passa son regard sur le conseil. Tous l'écoutaient avec une grande attention, bien qu'il percevait encore de la méfiance chez certains.

— Il y avait soixante-douze Trônes sur Orianor, reprit l'Éveilleur. C'était le legs des Ivatars pour les humains, une promesse de bonheur... Maintenant, il n'en reste plus qu'un seul, car les humains se sont tournés vers Nammor, vers le mensonge. Ils ont fait venir la nuit, ils ont engendré un mal dont ils n'arrivent plus à se défaire, car il croît sur leurs vices... Il prend plusieurs formes, il n'a pas toujours les traits déformés d'un rakhane – il sait aussi être séducteur! Il est partout, même ici, à Céless, dernier bastion du monde libre. Si vous écoutez votre intuition, plutôt que votre tête, vous saurez le reconnaître.

» Écoutez cet avertissement! Bientôt, les astres seront alignés et offriront à chacun une force décuplée. Mais, leurs ombres seront alignées également; pour ceux dont le vouloir n'est pas assez pur, cela apportera de grands malheurs... À ceux qui seraient tentés d'écouter les promesses de la Montagne Noire, sachez que les maux de la conscience sont bien pires que les maux du corps! C'est un poids que vous porterez longtemps, par-delà la mort, jusqu'à ce que vous fassiez le bien que vous auriez dû faire dès le début... Pourquoi vous égarer dans un labyrinthe, alors que la voie à suivre est simple et droite?

» Alors, préparez-vous! La bataille à venir mènera chacun au bout de lui-même, elle se prépare depuis des millénaires! Gardez espoir et ayez confiance en les forces lumineuses. Il n'y a pas de défaite possible pour ceux qui restent fidèles, car la victoire est d'abord une victoire sur soi-même.

Vanor tendit la main vers le lys à trois fleurs, qui luisait sur un piédestal entre les deux souverains. Sa douce lumière augmenta.

— Soyez fiers de pouvoir servir en cette époque difficile. Le lys que j'ai posé ici, en un autre âge, embaume toujours cette salle. C'est le signe qu'il y a encore de l'espoir! C'est le signe que tout est encore possible...

Sur cette dernière phrase, Vanor se tut, et la lumière de son bâton fit de même. Ce fut dans ce calme qu'Armistal leva la séance.

◆

Une rivière coulait doucement au milieu du bois clair-semé, emportant avec elle les pétales blancs des fleurs de meri-siers. Des oiseaux couleur de terre voletaient d'une branche à l'autre, leurs chants fébriles ne voulaient pas s'arrêter. Quelques cerfs, tranquilles, s'approchèrent du cours d'eau. Ils se mirent à boire la lumière du soleil qui s'y reflétait. Sou-dainement, ils redressèrent la tête, car on venait sur le chemin bordant la rivière. C'était une silhouette vêtue d'une toge grise, chevauchant un cheval argenté, suivie d'un autre cava-lier, dont le cheval portait aussi un enfant : Vanor, Kahel et Blanc. Sans un bruit, les cerfs se retirèrent, leurs pattes fines sillonnant le sous-bois.

Les sabots des montures s'enfonçaient dans la terre gor-gée d'humidité. Les fleurs répandaient des volutes parfumées, que l'on traversait comme autant de rivières aux couleurs invisibles. Partout on sentait la vie qui refaisait surface, atti-sée par la chaleur de l'astre du jour. Les mélodies de la nature s'accordaient, le temps était parfait pour une balade à cheval.

Cette promenade était une idée de Vanor. Kahel lui avait demandé une rencontre, afin de parler d'un sujet en parti-culier lui pesait sur le cœur, et l'Éveilleur l'avait alors invité à aller chevaucher à la campagne, en lui suggérant d'amener l'enfant. Bien que surpris par cette suggestion, l'ivatari avait accepté de bon cœur, car les rencontres formelles entre les quatre murs d'un bureau n'étaient pas sa tasse de thé !

Les heures avaient passé et les deux êtres n'avaient ouvert la bouche que pour répondre aux questions de Blanc, aussi nombreuses que les brins d'herbe naissants. Kahel ne souhai-tait pas aborder des sujets sérieux en présence du petit, et il se demandait s'il allait avoir l'occasion d'être seul à seul avec Vanor. Le sage, de son côté, ne semblait pas s'en soucier. Il admirait la nature avec des yeux aussi brillants que ceux de l'enfant.

— Est-ce que nous allons voir des petits êtres de la nature, aujourd'hui? questionna Blanc, en sondant le bocage du regard.

— Peut-être... répondit Vanor. Gardons les yeux et le cœur bien ouverts, on ne sait jamais!

Avant de s'engager sur le chemin du retour, les promeneurs firent une pause pour laisser boire les chevaux. Blanc s'aventura dans la forêt, en posant délicatement le pied à chaque pas. Il ne voulait pas écraser par erreur une fleur ou un champignon, qu'il considérait comme autant de trésors incroyables. Vanor et Kahel le regardaient s'éloigner, d'un œil amusé. Au bout d'un moment, ils le virent s'arrêter net. Il fixait quelque chose, devant lui. Une forme flottait à la hauteur de ses yeux, elle avait la taille d'une main. Elle était à peine perceptible, tout en délicatesse et en transparence. C'était une demoiselle aux ailes translucides, avec une robe telle une corolle diaphane – une nephtalie, la conscience des fleurs.

L'enfant avait peine à contenir son excitation! Il jeta un regard en direction de Vanor et Kahel; il n'arrivait pas à prononcer un mot, mais dans ses yeux vibrait la question: «Voyez-vous ce que je vois!?» Ses deux protecteurs répondirent en riant. C'est alors que la nephtalie s'approcha de l'oreille de Blanc et lui chuchota quelque chose. L'enfant ne tarda pas à partager le secret.

— Elle me demande si je veux la suivre! fit Blanc avec fébrilité. Elle dit qu'elle a des choses merveilleuses à me montrer!

— Qu'est-ce que tu attends? lui répondit chaleureusement Vanor.

Au comble de la joie, l'enfant se mit à suivre le petit être volant, qui traçait gracieusement son chemin au milieu de l'air parfumé.

— Alors, enchaîna le sage à l'intention de Kahel, est-ce que vous voulez vous aussi découvrir les secrets de la nephtalie?

— Je vais laisser ce bonheur à l'enfant... Peut-être pourrions-nous profiter de son absence pour parler?

— Oui, c'est tout à fait le bon moment, fit sans détour Vanor. Qu'avez-vous à me dire?

L'approche de l'Éveilleur était on ne peut plus directe. Kahel dut chercher ses mots pendant quelques secondes, alors que Vanor le fixait de ses yeux clairs. On n'entendit plus que les traits sonores des chevaux qui buvaient l'eau de la rivière.

— Comme vous le savez, commença enfin Kahel, il y a longtemps, j'ai quitté le Daï-Cima et ma femme Éléonia pour apporter mon aide à Rihel. Aux côtés des ivataris Méliore et Hyldad, j'ai combattu pendant toute une décennie. Nous avons fait ce que nous considérions être notre devoir, mais les rakhanes – et les traîtres, les rakhus – ont finalement eu le dessus. Ce fut beaucoup d'efforts pour en arriver à une amère défaite!

— Rihel n'aurait jamais tenu aussi longtemps sans votre aide, le rassura Vanor. D'ailleurs, aucune ville n'a résisté aussi longtemps contre les Nammoréens, vous pouvez être fier de ce que vous avez accompli! Ses habitants n'auraient pas été aussi vaillants sans votre exemple, ils se sont libérés de bien des peurs. Le chemin qui les attend dans les mondes invisibles est plus dégagé, désormais, et c'est en partie grâce à vous. Vous savez que le plus important n'est pas la victoire terrestre...

Kahel resta pensif un moment, alors que Vanor trempait son bol dans l'eau limpide. Le sage but lentement, tout en écoutant la trame mélodieuse offerte par les oiseaux. Il attendait que l'ivatari entre dans le vif du sujet.

— Cette bataille est terminée, et je ne regrette rien, enchaîna le chevalier. Mais, une guerre est sitôt finie qu'une autre se prépare; c'est le mal de notre époque! Je me retrouve donc derrière une autre muraille, à devoir affronter le même ennemi. L'histoire recommence, et je ne sais pas si j'ai la force de m'engager à nouveau dans des années de conflits. Aussi, Éléonia me manque chaque jour un peu plus...

— Oui, je sens en vous une grande nostalgie... répondit Vanor. Personne ne vous demande d'être une machine à combattre! Il est normal que vous ressentiez le besoin d'aller vous ressourcer au Daï-Cima, auprès de votre bien-aimée.

— Je sais, répondit Kahel, avec un petit sourire. J'aimerais retourner au Daï-Cima pour un temps. Ensuite, si la guerre se déclare et que les Sages de Cyana le jugent nécessaire, je reviendrais en Endriel. Est-ce que vous croyez que cela serait une bonne décision?

— Je ne juge pas les choix des hommes, répondit Vanor. Je les laisse le faire eux-mêmes.

Après cette réponse, Kahel devint songeur. Un autre poids pesait sur son âme, qu'il n'osait exprimer. Il se pencha pour tremper ses doigts dans la fraîcheur de la rivière, les sillons qu'il formait ainsi lui rappelaient les chemins mouvementés de la destinée.

— Il y a autre chose, n'est-ce pas? lui dit doucement Vanor. La menace de guerre n'est pas la seule raison qui vous fait hésiter à partir...

— C'est vrai, il y a autre chose, lui répondit Kahel, sans détacher ses yeux de la rivière.

— Est-ce que cette autre raison ressemblerait à un petit enfant plein de vie?

Kahel pouffa de rire.

— Oui, cela ressemble à un enfant qui bouge beaucoup et pose trop de questions.

— C'est vrai qu'il est attachant, ce petit, continua Vanor. Il ne doit pas être facile de s'en séparer.

— Blanc n'est pas complètement en sécurité, ici. Je m'en voudrais trop, s'il lui arrivait quelque chose durant mon absence...

L'ivatari n'arrivait pas à résoudre le dilemme qui le divisait. Il était partagé entre son grand désir de retrouver le royaume qui l'avait vu naître et celui de protéger l'enfant que Méliore et Uriss lui avaient confié. Ce conflit troublait son âme, la rendant pareille à son reflet déformé par l'eau agitée.

— Un autre dilemme... fit Vanor, pensif. Les choix cruciaux se multiplient, ces derniers temps! Bien que, dans ce cas-ci, le choix n'est pas très difficile...

Cette dernière phrase rendit Kahel perplexe. Il se leva et fixa l'Éveilleur.

— Que voulez-vous dire?

— Qu'est-ce qui serait pour vous la situation idéale?

Kahel sonda son esprit un instant. Rapidement, la réponse lui apparut dans toute sa clarté:

— L'idéal serait que je puisse retourner au Daï-Cima, tout en gardant Blanc près de moi... Donc, l'idéal serait que j'amène Blanc avec moi au Daï-Cima!

— Est-ce qu'il est possible pour vous de le faire?

— Oui... mais c'est un long et dangereux voyage.

— Est-ce plus dangereux que de laisser l'enfant ici?

— Ici, les rakhanes peuvent trouver un nouveau moyen pour l'atteindre, alors que le Daï-Cima est le seul endroit où il serait complètement protégé.

— Et qu'est-ce que vous avez promis à Méliore et Uriss?

— Je lui ai promis de protéger l'enfant...

— Alors, le mettre à l'abri au Daï-Cima est la meilleure façon de tenir votre parole.

Il pouvait amener Blanc avec lui... Kahel était sidéré de ne pas y avoir pensé plus tôt! Lorsqu'il avait fui Rihel, le soir de la chute du Trône, il avait spontanément choisi d'amener l'enfant en Endriel, puisque c'était beaucoup plus près du Lothmar que le Daï-Cima. L'ivatari avait cru que la Citadelle était un endroit sûr, mais maintenant il savait que ce n'était pas le cas... La seule option qu'il lui restait était d'amener Blanc à l'intérieur du cercle protecteur des Montagnes Bleues. Il aurait alors l'esprit tranquille, en le sachant à l'abri, le jour où une nouvelle mission l'appellerait. Cela semblait être la bonne solution! Par contre, un détail l'inquiétait.

— Vous croyez que Mihilan, le Gardien, le laissera passer? questionna Kahel.

— Cet enfant est pur, répondit Vanor. S'il ne passe pas, personne ne le peut!

Kahel se remémora alors la nuit où le hy'chh les avait attaqués. Lorsque Blanc avait tenu l'épée, la lame avait rayonné d'une façon telle qu'on aurait dit un fragment descendu des mondes lumineux. Pas de doutes, cet enfant avait un don, il pouvait devenir un grand ivatari!

— Je vous remercie pour les éclaircissements, conclut le chevalier. Je sais ce que je dois faire, maintenant!

— Ce n'est rien, je suis sûr que vous auriez fait ce choix de toute façon... Je n'ai fait qu'accélérer un peu les choses!

Les deux êtres poursuivirent leur échange, tout en humant l'air savoureux du printemps. Kahel ressentait une paix renouvelée, ses inquiétudes s'étaient envolées. Lorsque l'enfant revint de sa petite excursion dans les bois, il fut accueilli par deux grands sourires.

◆

— Je reviens bientôt.

Kahel couvait Éléonia de son regard. Autour d'eux, les fleurs blanches dansaient, se répandant telles les vagues d'une mer vivante.

— Nous serons complètement réunis, ajouta Éléonia.

— Comme le ciel et la terre.

Au-dessus d'eux, les étoiles luisaient en plein jour. Les astres tournaient et plongeaient dans le paysage tissé de lumière.

— L'attente prendra fin lorsque tu arriveras, fit Éléonia. Ce sera plus beau que le premier jour.

— J'arriverai, chargé d'aurore.

Le monde accueillait leur flamme et s'en abreuvait. Sons et couleurs vibraient en un même rythme bienfaisant.

— Je ne serai pas seul, continua Kahel. J'aurai avec moi l'enfant. Sa place est parmi nous, j'en suis maintenant convaincu.

— J'accueillerai Blanc, j'en prendrai soin. Il sera heureux sous le soleil du Daï-Cima.

Tel un ange, cette promesse s'envola, offrant ses ailes au vent. Elle alla rejoindre les astres scintillants, pour se poser dans le jardin des vœux sincères.

Les amoureux cheminaient sur des sentiers nés de leurs élans, dans des contrées d'éternel printemps, plus vraies que les ombres terrestres.

Les minutes passèrent, riches comme des millénaires.

Les vibrations diminuèrent d'intensité. Les rythmes se mirent à pâlir, en devenant palpables. Kahel et Éléonia sentaient que bientôt viendrait le moment du retour. Leurs corps, ce vêtement qu'ils avaient laissé dans les sphères inférieures, les appelaient, en sonnant l'instant de l'au revoir. Ils durent se quitter de nouveau...

— Le chemin sera long, mais je reviendrai vers toi.

Marche, Uriss

L'air était brouillé par les flammes et brûlait les poumons.
Uriss avait un goût de cendre dans la bouche. Il courait sur
la muraille et de chaque côté, son monde se tordait et s'effri-
tait, avalé par le brasier.

Le roi se précipitait vers une femme, qui tenait par la main
un enfant. Insensibles au chaos écarlate qui les entourait, les
deux silhouettes immobiles regardaient Uriss. Celui-ci tentait
de les rejoindre, mais elles semblaient s'éloigner à chaque pas.

Alors apparut la bête de cauchemar. Derrière la femme et
l'enfant, un loup de braises, de la taille d'un cheval, se ruait
lui aussi vers les deux figures innocentes. Celles-ci ne remar-
quèrent pas la présence menaçante, elles gardaient leurs yeux
toujours rivés sur Uriss. L'homme voulut les avertir du danger, mais, lorsqu'il ouvrit la bouche, aucun son n'en sortit.

Il ne se rappelait plus leurs noms. Il ne se rappelait plus
aucune parole.

Le loup de braises ouvrit sa gueule, des flammes lui
léchaient les joues, alors qu'il approchait. Le roi sortit son
épée : elle était, elle aussi, rouge feu. Il se jeta entre le monstre
et ses proies. La bête de cauchemar bondit sur lui, Uriss
planta sa lame dans le néant qui lui servait de cœur. Une
pluie de charbons ardents s'écroula autour de l'homme ; le
loup de braises perdit immédiatement sa forme, sous le choc
de l'épée. Il s'évapora en une fumée grise et opaque.

Uriss avait été muet, maintenant il était aveugle.

Il tournait de tous côtés, cherchant la dame et l'enfant. Il ne voulait qu'une seule chose : les savoir sains et saufs. Son bras tendu brassait la fumée, sans rien rencontrer. Puis, lorsque le voile se fit plus ténu, il vit une silhouette aux contours vaporeux, à quelques dizaines de pas. Enfin, il avait trouvé !

Il s'approcha, alors que l'être qui lui faisait face restait désespérément immobile.

Encore quelques pas, jusqu'à distinguer les traits de son visage.

C'était une figure opaque : un masque doré, un masque brisé.

Uriss prit peur. Il leva son épée obscure vers l'akdar, qui resta sans bouger, telle une statue taillée dans la nuit elle-même. La douleur atteignit l'homme de plein fouet : la sombre vibration emplit son crâne, en le jetant à genoux.

L'akdar au masque brisé daigna seulement pencher un peu son visage vers Uriss, d'une façon à peine perceptible. Puis vinrent les paroles impitoyables :

— Combattre ne te sert à rien. Fuir ne te sert à rien. Tu m'appartiens.

◆

Uriss se réveilla en sursaut. Les paroles de l'akdar résonnaient encore dans son esprit. Pendant une seconde, il avait cru le voir se tenant à l'entrée de la grotte, avec son visage métallique penché vers lui, parfaitement inexpressif… Est-ce que cette figure allait continuer à le hanter, au-delà de So'Ghol ?

L'apparition fut remplacée par l'air renfrogné de Kaïn, qui dormait en face de lui. C'était mieux qu'un cauchemar, mais pas de beaucoup…

Ils devaient monter la garde tour à tour, pendant que l'autre dormait. C'était au tour de Kaïn… Peut-être avait-il décidé d'éloigner les rakhanes avec ses ronflements ? Uriss le laissa à ses rêves tordus, il l'appréciait plus quand il sommeillait.

L'ancien roi se leva et sortit de la grotte. Il fit quelques pas, aussi loin que le permettaient les chaînes qui ceignaient son cou et son poignet droit. Il leva les yeux : c'était toujours le même ciel de cendres amorphes. Aucune façon de savoir quelle heure du jour il était. Il tendit l'oreille, pour n'entendre qu'un silence plat, ponctué par le souffle du colosse sommeillant.

Tout cela aurait fait mourir d'ennui un humain normal, mais voilà : les minces fragments de liberté qu'Uriss venait d'acquérir donnaient à toute chose des couleurs nouvelles. Il resta longuement à respirer l'air frais, en oubliant son corps tiraillé. Quelques étincelles de joie parcoururent son être. Une joie blafarde, mais une joie tout de même. Une émotion qu'il avait oubliée.

De nouveau, les grands arbres du Lothmar parurent dans son esprit. Assise à l'ombre de leur feuillage bienveillant, il y avait une silhouette gracile. C'était une femme berçant un bébé au visage illuminé d'un sourire – les mêmes êtres qui avaient habité son cauchemar quelques minutes plus tôt, maintenant sous les rayons du jour.

Ils étaient d'une telle beauté… Uriss aurait voulu refaire le monde pour eux ! L'ancien roi tenta de se souvenir de leurs noms, sans en être capable. Cela resta le souvenir d'une beauté anonyme, et la joie fit place à la nostalgie.

L'homme avait l'intuition que cela avait été son passé, son passé d'avant la Montagne Noire, caché par delà le voile qui recouvrait son esprit. Oui, Uriss avait la conviction qu'il y avait eu quelque chose avant. Son être prenait racine dans la beauté de ce temps oublié.

La faim le ramena âprement au moment présent. Les deux fugitifs ne pouvaient rester terrés indéfiniment, le moment était venu de se mettre en mouvement.

Il retourna vers Kaïn. Celui-ci s'éveilla brusquement, au son des pas d'Uriss. Comme l'éclair, il pointa sa lame en direction de la gorge de son ancien roi. Pendant une fraction de seconde, il avait cru que c'était un rakhane.

— Tu as décidé d'en finir avec la vie ? lui dit simplement Uriss, impassible. Tu sais que ce serait trancher ta propre gorge.

Kaïn baissa son arme. Il était à demi éveillé et avait l'air hagard. Il prit un instant pour remettre les évènements en ordre dans sa douloureuse cervelle.

— Je monte la garde, grogna-t-il. Je ne t'avais pas reconnu. C'est tout.

— Ne t'inquiète pas, c'est seulement moi : celui avec qui tu partages cette chaîne depuis toujours… Pourrais-tu m'apprendre comment monter la garde en dormant ? Ce serait pratique, je n'aurais plus à me fier à toi !

L'humour d'Uriss n'était pas du goût du colosse, bien que l'ancien roi ait appris de Kaïn lui-même à manier l'ironie !

— Si je n'étais pas là, tu serais encore à trainer ce maudit krall, répliqua aigrement Kaïn. Ça, tu peux te fier là-dessus.

Uriss ne trouva aucune répartie à opposer à cette vérité.

Le colosse souleva son corps endolori. Puis, comme son compagnon avant lui, il s'avança pour voir le temps qu'il faisait. Un réflexe d'une autre vie, car le temps au Nammor'Ant était toujours pareil : gris, gris et gris.

Kaïn se pencha ensuite sur le ruisseau qui enlaçait les pierres, il fit une coupe avec ses mains pour boire un peu. Sa tête lui faisait mal et son estomac criait famine. L'adrénaline de la veille avait quitté son sang, pour être remplacée par une pesante langueur. Il resta accroupi dans cette position de longues minutes, trop longtemps au goût d'Uriss.

— Alors, on fait quoi ? Si tu veux, on peut s'établir ici, tu sembles aimer le coin. On n'a qu'à utiliser les pierres pour se construire un « truc pour rester dedans ».

Bien sûr, Uriss voulait dire une « maison », mais c'était un autre mot oublié.

— Ferme-la, je réfléchis, répliqua sèchement l'autre.

— Tu réfléchis à quoi ? J'espère que ce n'est pas un nouveau plan du genre : « on les attaque à un contre dix » ?

— Si les esclaves des autres kralls s'étaient révoltés, on aurait pu se débarrasser des rakhanes. Vous seriez tous en train de me remercier.

— Mais ça n'a pas fonctionné. On est peut-être les seuls à s'être échappés.

— C'était l'essentiel du plan.

— Sûrement que les autres seront punis par les rakhanes.

— Ils ont l'habitude...

Le colosse resta de marbre. Il n'était pas du genre à s'émouvoir du sort des autres. Au milieu des courbatures, il se redressa lentement. Il porta son regard vers l'intérieur de la caverne, vers les corps des monstres qui y reposaient.

— Il faut faire quelque chose, le relança Uriss. Sinon, on va mourir de faim.

— Je sais, coupa Kaïn. Je ne suis pas débile.

— Il n'y a rien à manger dans les environs. La seule chose à faire est de retourner au krall qui s'est écrasé contre les rochers. Peut-être qu'il reste des provisions là-bas.

— Je sais.

— Il y a de bonnes chances que des rakhanes nous attendent en embuscade.

— Je sais.

Les deux hommes restèrent un moment songeurs... leur liberté s'annonçait encore plus ardue que l'esclavage !

— On ne sera vraiment libre que lorsqu'on sera sorti du Nammor'Ant... ajouta Uriss avec résignation.

— Tu parles trop. Aide-moi plutôt.

Kaïn s'engouffra dans la petite grotte. Inévitablement, il entraîna l'autre homme à sa suite. Ils sortirent les trois cadavres répugnants, encore vêtus de leur attirail.

— Voyons voir ce qui peut servir, marmonna Kaïn, en les considérant avec attention.

Le simple fait d'avoir des choix l'allumait, il avait presque le sourire.

◆

Il avait l'air suspect, ce sac de provisions. Il était suspendu au mât incliné, au milieu des restes du krall. À travers sa toile en filet, on pouvait voir les paquets de viande séchée et de pain sec. Est-ce que le choc de l'accident avait pu l'accrocher de cette façon? Uriss et Kaïn n'y croyaient pas une seconde. Ils avaient devant eux un guet-apens, doublé d'une insulte à leur intelligence – mais, cela n'empêchait pas leurs estomacs de gargouiller et leurs bouches de saliver...

Ils jetaient sur la scène des regards méfiants, cachés derrière un amoncellement de rochers semblable à celui contre lequel s'était écrasé le krall, à près d'une centaine de mètres des appâts. Ils ne voyaient pas un seul mouvement.

Les hommes brandissaient les épées sombres qu'ils avaient prises à leurs victimes de la veille. Kaïn avait une lame dans chaque main. Les fourreaux de leurs épées pendaient à leur ceinture, ainsi que des poignards. Ils étaient maintenant chaussés de bottes de cuir et avaient revêtu les larges pantalons de leurs anciens gardes. Les vêtements étaient sales et graisseux, les enfiler avait été une expérience dégoûtante.

Un nettoyage grossier avait été fait autour du lieu de l'accident. Les corps des malheureuses victimes avaient été ramassés, ainsi que l'essentiel de la cargaison d'armes. Toutefois, il semblait y avoir encore des choses qui pouvaient servir, en plus de ce sac de nourriture qui pendait près du drapeau noir et or, immobile au sein du vent mort.

Il avait l'air de plus en plus suspect.

Malgré cela, il était hors de question de continuer le chemin sans provisions, ils devaient s'emparer de ce sac. Les deux hommes hésitaient et réfléchissaient, depuis plusieurs minutes. Ils savaient que le convoi était reparti. Les rakhanes devaient avoir laissé des gardes derrière, en sachant qu'ils pourraient s'en retourner avec un autre convoi; ils étaient trop têtus pour abandonner si facilement les esclaves évadés. Par contre, ils ne devaient pas être très nombreux. Le terrain était découvert autour du krall; si les fugitifs réussissaient à l'atteindre, ils pourraient voir venir d'éventuels assaillants et être en bonne position pour se défendre. Ils en discutaient à voix basse. Lorsqu'ils parlaient ainsi de stratégie, cela leur semblait étrangement familier. Pourtant, ils n'avaient aucun souvenir de leur passé de guerrier...

Uriss trancha:

— Allons-y et nous aurons les réponses à toutes ces questions.

Kaïn était d'accord. Il prit des airs de prédateur, en redressant ses deux épées. Ils avancèrent rapidement en zigzaguant entre les monceaux de rochers. À chaque détour, ils s'attendaient à tomber sur des rakhanes, mais il n'y avait que l'indifférence de la pierre.

Ils atteignirent le krall sans encombre et montèrent sur la plateforme démantibulée. C'est à ce moment-là qu'Uriss vit une tête difforme qui les observait, sur la piste surplombant les restes du chariot. Elle se cacha de nouveau à l'instant où l'homme la vit.

— Ils sont couchés sur la piste... souffla Uriss à l'oreille de Kaïn, en faisant mine de ne pas les avoir vus.

— Bien sûr...

Sans demander l'avis d'Uriss, le colosse se tourna vers eux et aboya:

— Venez donc nous chercher, bande d'affreux!

L'ancien roi l'empoigna vigoureusement:

— Qu'est-ce que tu fais !?

— Mieux vaut en finir tout de suite, répliqua l'autre avec un sourire inquiétant.

Le rakhane qui avait été aperçu se redressa et poussa un rugissement de défi, en brandissant sa lance rouillée. Kaïn répondit d'une façon tout aussi animale.

Uriss resta stoïque. «Où sont les autres?» se demandait-il. La réponse vint plus rapidement qu'il l'aurait souhaitée. Les monstres qui flanquaient le rakhane dressé se levèrent et coururent en direction du krall. Ils étaient une dizaine et portaient des lances. En un même mouvement – étonnamment bien coordonné, pour des rakhanes –, ils les lancèrent sur les hommes stupéfaits.

Kaïn ravala sa bravade. Uriss et lui s'abritèrent derrière un ensemble de planches soulevées par l'accident, offrant l'aspect d'un mur. La pluie de lances s'abattit, non sans percer leur protection en certains endroits. Une pointe parue entre les deux fugitifs.

— Ton arrogance stupide finira par nous tuer ! hurla Uriss.

Kaïn rétorqua simplement :

— C'est bien ! Maintenant ils n'ont plus de lances !

L'ancien roi écarquilla les yeux. Il n'eut pas le temps de répondre, car il fut entrainé vers la bataille.

Les rakhanes n'avaient plus de lances, mais ils avaient encore beaucoup d'épées ! Les hommes de Rihel se tinrent dos à dos, chacun faisait face à une volée d'adversaires montrant les dents.

Les monstres s'acharnèrent, ne furent pas vainqueurs. Les longues années de guerre au cœur de la Cité aux sept murailles avaient transformé les deux hommes en machines de combat. Ils connaissaient si bien les points faibles des rakhanes que cela les étonnait eux-mêmes…

◆

Ils avaient trouvé sur l'un des gardes une clé qui leur avait permis de se débarrasser de la chaîne qui reliait leurs cous. Leurs gorges dégagées pouvaient enfin respirer librement, sous les marques rouges laissées par le collier de fer.

Leur attention se tournait maintenant vers la chaîne obscure qui était leur malédiction. Les anneaux qui enserraient leurs poignets étaient parfaitement lisses, il n'existait aucune clé qui put les ouvrir. La seule solution était donc de casser le lien à l'aide d'une force brute. Pour ce faire, les muscles du colosse étaient tout indiqués.

Les fugitifs trouvèrent parmi les débris du krall un burin pour tailler la pierre, semblable à celui dont les esclaves s'étaient servis la veille pour tenter de se libérer. Ils placèrent la chaîne sur un rocher en guise d'enclume.

Uriss tenait le burin, en attendant anxieusement que Kaïn donne le premier coup à l'aide d'une lourde pierre. Allaient-ils bientôt être libérés l'un de l'autre? Les deux hommes y aspiraient, aussi fortement qu'ils avaient aspiré être libérés de So'Ghol. Déjà, Uriss s'imaginait s'éloignant dans une direction opposée à celle de Kaïn, après un froid adieu…

Le colosse abaissa la pierre, en y mettant le poids de toutes ses espérances.

Le choc violent résonna dans la vallée, rapidement couvert par les hurlements de douleur que poussèrent les deux hommes. Pendant quelques secondes, ils ressentirent une souffrance aiguë comparable à celle que pouvaient imposer les akdars. C'était comme si toutes les particules de leur corps s'étaient entrechoquées sous l'effet de l'impact. Soumis à cette douleur, ils restèrent crispés un long moment, agenouillés près du rocher qui avait servi d'enclume.

Puis, l'entaille qu'avait faite le burin dans un des maillons de la chaîne devint incandescente. La marque se referma sous les yeux des deux hommes et le maillon redevint lisse. Devant ce spectacle, ils furent envahis de frissons, comme si la température venait de baisser brutalement; ils furent ensuite pris d'une intense nausée et de sueurs froides.

Lentement, les deux hommes retrouvèrent leurs forces. La chaîne restait intacte. C'était une expérience qu'Uriss n'était pas près d'oublier… par contre, Kaïn ne semblait pas en avoir eu assez. Il voulut recommencer.

— J'aurais dû continuer à frapper malgré la douleur, argumenta le colosse, cela aurait empêché la chaîne de se refermer. Il faut essayer encore.

— C'est insupportable! Il doit y avoir un autre moyen! répliqua Uriss.

— Il n'y a pas d'autre moyen. S'il faut souffrir ainsi pour être délivré de toi, je n'hésite pas une seconde.

— Ce serait moins douloureux si tu me plantais le burin directement dans le cœur!

Kaïn fixa Uriss d'un regard glacial, comme s'il réfléchissait à cette option…

— Prends le burin, dit-il froidement, en lui tendant l'objet.

Peut-être Kaïn avait-il raison? L'ancien roi saisit l'outil. Il puisa son courage dans l'idée d'être enfin affranchi de cet homme au regard noir.

Ils se mirent en place…

Trois coups. Kaïn réussit à porter trois coups, au milieu d'une symphonie de tourments. Mais, leurs corps furent transportés par des convulsions, toutes leurs cellules se révoltaient contre ce qu'on leur faisait subir.

Kaïn échappa la pierre et Uriss le burin. Leur vision devint brouillée, ils se laissèrent choir sur la pente pierreuse. De nouveau, ils furent pris de frissons, comme si l'on venait de les plonger dans un bain d'eau glacée. Entre eux, la chaîne, à peine entamée, redevint incandescente et se régénéra en avalant le résultat de leurs futiles efforts. Pour se reconstruire, la chaîne puisait à même l'énergie des deux hommes... Il n'y avait rien à faire, la sorcellerie des akdars était plus forte qu'eux!

Ils restèrent longtemps couchés sur le dos, baignés de sueurs, à reprendre leur souffle. Ils observaient le plafond morose du ciel, qui paraissait plus lourd qu'avant.

— Il doit y avoir un autre moyen de vaincre la chaîne... murmura Uriss, après une longue pause.

— Il faut qu'il y ait un autre moyen, répondit Kaïn.

Ils réfléchissaient, mais ne trouvaient aucune solution.

◆

Avec amertume, les deux ennemis avaient renoncé à briser la chaîne ténébreuse pour se concentrer sur un autre problème: où devaient-ils maintenant aller... ensemble?

Ce faisant, ils mangeaient un repas coriace. La viande séchée – d'origine mystérieuse – et leurs dents se battaient à l'intérieur de leurs bouches. Parfois, ils tombaient sur quelques ligaments trop rétifs. Kaïn les crachait sur les corps des rakhanes qui jonchaient le sol, au pied de la plateforme disloquée sur laquelle les fugitifs étaient assis.

Ils devaient prendre une décision rapidement, car d'autres rakhanes pouvaient passer dans le secteur à tout moment. Malgré cela, seul un silence assourdissant régnait sur ce repas aux couleurs grises. D'ailleurs, qu'y avait-il à discuter? Toutes les directions étaient semblables, excepté celle qui les ramènerait à la Montagne Noire...

Comment choisir? Ce qui était certain, c'était qu'ils ne pouvaient suivre la route, car ils y croiseraient sûrement d'autres convois. La seule option était de s'aventurer hors des sentiers, dans le paysage stérile. À défaut de prendre une décision immédiatement sur la direction à suivre, ils se mirent à fouiller dans les décombres afin de s'équiper pour ce voyage encore sans contours.

C'était comme faire son marché à la suite du passage d'un ouragan. Sans grand enthousiasme, ils soulevaient les débris et les corps monstrueux pour récupérer tout ce qui pouvait être d'un quelconque intérêt. Lentement, ils réussirent tout de même à constituer un équipement valable – tout en jetant constamment des coups d'œil nerveux sur la route qui les dominait.

Sacs de nourriture, gourdes, bottes de rechange, cordes, couvertures… tout cela pesait maintenant sur leurs épaules, en réveillant les marques de fouet encore fraîches. Même le triste drapeau nammoréen fut mis à contribution : ils le séparèrent en deux et y découpèrent un trou pour y enfiler la tête, formant ainsi une sorte de poncho qu'ils ceinturèrent à l'aide d'une corde. L'aigle-dragon noir et or étouffait désormais sous leur attirail.

À tout cela s'ajoutaient évidemment les armes. Dans le cas de Kaïn, c'était un authentique petit arsenal. Uriss fit remarquer qu'il allait s'épuiser à porter toute cette ferraille, mais il ne voulut rien entendre. Le plus inquiétant, c'étaient les poignards que le colosse avait insérés un peu partout au sein de son harnachement… Pourquoi le cœur d'Uriss se serrait-il chaque fois qu'il voyait Kaïn tenir cette lame courte ?

Ils emportèrent également le burin. Si un jour ils n'arrivaient plus à se supporter, peut-être tenteraient-ils de nouveau leur chance !

Parmi la panoplie d'objets trouvés, il y en avait un qu'ils ne parvenaient pas à identifier. C'était un manche de métal tordu au bout duquel était insérée une sphère de verre transparent, dans un socle fait de quatre griffes placées à angle droit. L'ensemble ressemblait à un petit sceptre pour un roi sans goût et sans envergure.

Uriss ramassa la chose, alors qu'elle pendait, par une sangle de cuir, à la ceinture d'une de leurs victimes. Il observa l'intérieur de la sphère transparente. Elle était à moitié remplie d'une huile jaunâtre, peuplée de fines limailles de métal sombre, qui flottait à la surface du liquide visqueux. L'ancien roi agita l'objet en dispersant la limaille, pour voir s'il se passerait quelque chose; il le fit à la manière d'un hochet. Au départ, il ne se passa rien de particulier. Puis, il remarqua une chose étrange : les particules sombres se rassemblèrent au même endroit, en un paquet de la taille d'un pois. Bizarre…

Kaïn lorgnait les gestes Uriss depuis un moment.

— On n'a rien à faire de ce truc! grogna-t-il, en tentant de s'emparer de la chose afin de la lancer au loin.

Uriss éloigna l'objet de la grosse main calleuse, en le tenant à bout de bras.

— Non, je veux le garder, répondit-il fermement. Ça peut peut-être servir.

À vrai dire, il l'aurait jeté, si Kaïn ne lui avait pas demandé de s'en débarrasser. Mais, maintenant qu'il avait une occasion de défier le colosse…

— Si ça t'amuse de trainer un poids mort… laissa couler Kaïn entre ses dents.

Il décida d'aller fouiller un autre endroit, sans demander l'avis de son compagnon de chaîne qu'il entraina avec quelques résistances.

◆

Les deux hommes de Rihel se mirent en route. Ils décidèrent de gravir le mont situé à proximité, afin d'avoir une vue d'ensemble des environs. Ils espéraient que cela les aiderait à choisir la direction à suivre pour sortir de ce morne enfer de pierre.

Lorsqu'ils arrivèrent au sommet de l'élévation, le soir commençait à tomber. Ils tournèrent sur eux-mêmes, afin d'embrasser le paysage du regard. Tout autour, les collines et les montagnes s'étendaient jusqu'à l'horizon, telles les vagues d'une mer pétrifiée. Partout, ce n'étaient que les lambeaux d'un royaume déchiqueté, balayé par le vent sec.

La monotonie du panorama était marquée d'une seule exception : la Montagne Noire.

Malgré la grande distance qui les séparait de leur ancienne prison, So'Ghol restait toujours visible, dominant le paysage. Combien de jours de marches seraient nécessaires, avant qu'elle disparaisse derrière l'horizon ?

Uriss et Kaïn observèrent longtemps la Montagne Noire, sans pouvoir en détacher leur regard. Elle restait plantée au cœur de la couverture permanente de nuages cendrés, comme l'axe d'une roue tournant inlassablement. Le ciel lui-même semblait pivoter autour de So'Ghol et le lent mouvement vaporeux était hypnotisant...

Qu'avaient-ils à gagner à s'enfuir ? Et si, plutôt que de s'en aller vers l'inconnu, les deux hommes décidaient de retourner là-bas ? Dans cette prison de pierre qu'ils connaissaient si bien, dans une routine semblable au cycle captif des nuages nammoréens, dans la soumission...

Uriss eut le sang glacé lorsqu'il réalisa quelles pensées le traversaient. Pendant quelques secondes, il avait vraiment eu le désir de retourner à So'Ghol ! Dans un puissant effort de volonté, il détourna son regard de l'obscure montagne. Il le porta dans la direction opposée, vers le nord. Il se dégagea ainsi de l'ensorcellement provenant de la montagne.

L'ancien roi respirait de façon haletante, tel un homme qu'on venait de sauver de la noyade.

— Je ne retournerai jamais là-bas, mentionna-t-il tout bas avec conviction. Libre... je veux être libre !

Ces paroles le sortirent de sa torpeur. Il se sentit plus léger, des forces salutaires le parcouraient soudainement. Des images de la beauté de son ancien royaume refirent surface et chassèrent les ombres de la Montagne Noire. De nouveau, des images parurent en lui. C'était le frémissement du vent dans les grands arbres, le balancement des fleurs. Une femme s'avançait dans des jardins exquis, une femme avec un regard clair.

— Méliore... murmura Uriss.

Il l'avait reconnue.

Ce nom fut un rayon perçant les nuages. La délicieuse image lui sourit, Uriss fut pris de frissons d'allégresse. Des larmes de joie coulèrent... qui se muèrent rapidement en larmes de nostalgie. Pourquoi était-il perdu en enfer, alors qu'au loin une telle beauté existait ?

Il sentit la lourde ambiance du Nammor'Ant peser de plus en plus sur lui. La froide grisaille tentait de s'imposer de nouveau, de façon insidieuse. La vision devint blafarde, puis elle s'éloigna...

— Méliore ! cria Uriss, pour tenter de la retenir.

Un étrange mugissement horrifié lui répondit. Pendant un moment béni, il avait oublié Kaïn, mais le colosse reprenait maintenant sa place avec force !

L'homme était hors de lui. Il hurlait et entrainait l'ancien roi dans la pente descendante... vers la Montagne Noire ! Était-ce le nom qu'Uriss avait mentionné qui avait déclenché cette folie ?

— Tu es devenu cinglé !? Il ne faut pas aller dans cette direction !

Uriss planta ses talons dans le sol et tira sur la chaîne, mais le colosse l'entrainait tel un bœuf traînant une charrue.

— La montagne, c'est chez moi. Je veux y rester ! articula Kaïn d'une voix effrayée qui ne lui ressemblait pas. Je ne retournerai pas là-bas! Là-bas, il y a le regard qui perce! Il veut me juger! C'était une erreur de fuir!

— Qu'est-ce que c'est que ce délire!? rétorqua Uriss. C'est toi qui nous as entraînés dans la fuite! Tu ne voulais que ça, c'était une véritable obsession!

L'autre n'avait plus d'oreilles. Les pensées bourdonnaient dans son crâne chauve. Il se dirigeait vers la sombre montagne, possédé par sa sorcellerie. Le désir d'y retourner, le même qu'avait ressenti Uriss un instant plus tôt, s'était emparé de Kaïn.

L'ancien roi tirait sur le lien qui les unissait, mais cela ne l'arrêtait pas. L'étonnement d'Uriss était à son comble: la force du colosse n'était qu'une façade! Intérieurement, il était chancelant.

— C'était une erreur de fuir. C'était une erreur de fuir. C'était une erreur de fuir... répétait machinalement Kaïn, sans arrêter d'avancer.

La confusion régnait en lui. Des images de son passé refirent surface, glauques et menaçantes. Tout se mélangeait, si bien que la phrase pouvait prendre plusieurs sens contradictoires...

C'était une erreur de fuir So'Ghol.

C'était une erreur de fuir Rihel.

C'était une erreur de fuir le regard de Méliore.

Uriss ne tentait plus de retenir le colosse, c'était inutile. Il avait l'intuition que le passé de Kaïn était, lui aussi, lié à Méliore. Ce nom avait éveillé dans l'âme de Kaïn des démons furieux. Par contre, Uriss ne se souvenait pas encore de l'acte terrible qu'avait posé le traître envers sa femme, il avait seulement l'impression que le passé de Kaïn était chargé de lourdes fautes et qu'il préférait le garder dans l'oubli.

— Ce serait une erreur de fuir ton passé, affirma avec aplomb Uriss, dans l'espoir de le faire réagir. Regarde-le en face!

À ces mots, Kaïn s'arrêta. Il se retourna, rouge de fureur. Son visage était déformé par la rage, à un point tel que ses traits évoquaient ceux d'un rakhane.

— Que connais-tu de mon passé!? hurla le colosse à Uriss stupéfait.

Puis, tout aussi soudainement, il changea de ton. Sa voix devint tordue et étranglée. Il ajouta:

— C'est faux! Ça n'existe pas! Il n'y a rien d'autre! Il n'y a que cette montagne et ce cimetière de pierre! Je suis né ici, je veux mourir ici!

Celui qui, il y avait une seconde, explosait de rage se prenait maintenant la tête et geignait comme un animal terrifié. Uriss resta figé devant ce spectacle lamentable. Il ne le voyait plus, son esprit était ailleurs. La fureur que Kaïn avait momentanément ressentie avait réveillé en lui un souvenir affligeant. Le visage monstrueux du traître avait été celui qu'il avait offert à Méliore, juste avant de commettre l'irréparable!

Il hésitait à croire que cela s'était vraiment passé. Les souvenirs de cette nuit ne lui apparurent que sous forme de bribes, comme les morceaux éparpillés d'un casse-tête. Mais, il ne put s'empêcher de poser la question, d'une voix tremblante:

— Qu'as-tu fait? Qu'as-tu fait à cette femme… Méliore?

Les traits de Kaïn redevinrent horribles:

— RIEN! Ce sont des illusions! Tais-toi!

— Quelle sorte de monstre es-tu? répondit Uriss d'un ton glacial, sans se laisser intimider.

Il le fixait sans ciller.

— Ne me regarde pas comme ça!

Le colosse se rua sur lui, mais Uriss s'y était préparé. Il avait déjà une main sur le manche de son épée. En un souffle, il la sortit de son fourreau et faucha la bête enragée.

Comment avait-il pu oublier la malédiction de la chaîne?

Il atteignit Kaïn sur le côté du bras gauche, et par le fait même se blessa au même endroit! Uriss cria de douleur, sous l'effet de la blessure qui était apparue comme par une lame invisible.

Le coup stoppa l'élan de Kaïn. Mais, immédiatement, il s'empara d'un de ses multiples poignards pour l'élancer vers son adversaire. Il arrêta la lame sous la gorge d'Uriss, à un centimètre de son pouls.

— Oui, tu as raison... fit le traître. Finissons-en! Nous ne retournerons ni à So'Ghol, ni là-bas, notre voyage prendra fin ici! Avec la réalisation de mon plus ancien désir...

Le colosse hésitait encore à poser le geste. Les deux hommes se toisaient. Le sang ruisselait le long de leurs bras gauches et tombait goutte à goutte en comptant les secondes. L'ancien roi tentait de garder son calme, face à son ennemi ressurgi du passé. Il osa une ultime parole:

— Ce serait encore fuir, Kaïn...

Kaïn! Il s'était soudainement souvenu du nom du traître! Deux syllabes qui l'avaient hanté toute sa vie et qui remontaient maintenant d'entre les cendres.

Entendre son propre nom paralysa le colosse. Kaïn resta bouche bée, ne sachant quoi répondre. L'éclat de la folie disparut de son regard, comme si les démons l'avaient soudainement quitté sous l'effet d'une formule magique, pour faire place à une faible lueur d'humanité.

La lame s'abaissa légèrement.

Des souvenirs de sa vie à Rihel parurent de nouveau dans l'esprit du colosse. Mais cette fois-ci, ils étaient beaux. C'était avant que les ténèbres s'emparent de lui et détruisent tout. C'était son enfance près de sa généreuse mère; c'était la gratitude de ses pairs pour les efforts qu'il avait faits pour la ville; c'était les moments passés avec les trop rares amis...

C'était les instants d'humanité. Les gestes simples qui, mis ensemble, tissent une vie digne. Dans les yeux de Kaïn trembla un peu de douceur, Uriss avait peine à le croire! Il profita de cet attendrissement:

— Il n'y a pas que ce royaume mort, Kaïn! (Il pointa en direction du nord.) Là-bas, la vie peut encore être belle et riche, peu importe les démons du passé! Il existe des contrées libres. Nous y rendre, ce serait triompher des rakhanes. Nous y trouverons sûrement un moyen de nous libérer de la chaîne! À ces mots, Uriss vit l'image de Méliore, Kahel, Hyldad et les autres ivataris qui avaient croisé sa vie. Cette vision le souleva d'enthousiasme! Il ajouta :

— Là-bas, il existe de puissants mages ayant consacré leur vie au service du bien. Ils pourront nous aider à rompre la malédiction de la chaîne! Il faut les trouver! On m'a dit qu'ils habitent la plus belle des contrées. Oui, c'est là qu'il faut aller…

L'ancien roi chercha un moment le nom de ce pays légendaire, sous la lame et le regard incertain de Kaïn. S'en souvenir lui fit l'effet d'un baume. Lorsqu'il le prononça, il eut la certitude que c'est là qu'ils devaient se rendre :

— Le Daï-Cima, les Montagnes Bleues.

Le poignard se mit à trembler, toujours pointé vers Uriss. L'hésitation était palpable. Kaïn avait envie de croire Uriss, autant qu'il avait envie d'en finir. L'ancien roi rivait le colosse de son regard franc – dans l'esprit de Kaïn, l'image de Méliore s'y superposa.

L'histoire se répétait.

Celui qui avait trahi se trouvait à la croisée des chemins. Il avait le choix. Il pouvait démarrer un autre cycle lourd d'amères conséquences, ou aller dans une nouvelle direction…

Le poignard heurta le sol avec un tintement métallique, il avait glissé de la main de l'homme. Il se laissa tomber près de lui, épuisé par le combat intérieur qu'il venait de gagner.

— D'accord… Nous irons au Daï-Cima, balbutia finalement Kaïn, en défaisant les nœuds du silence.

— Nous irons au Daï-Cima, répéta Uriss, pour sceller la résolution.

Le colosse osa un bref regard vers son ancien roi. Ce dernier vit tous les efforts qu'il avait déployés pour se dominer et prononcer ces simples mots.

Les ombres du crépuscule coulaient maintenant sur eux. Ils s'abritèrent pour la nuit, près d'un amas de rochers. Après avoir pansé leurs bras gauches, ils s'installèrent dos à dos, enroulés dans des couvertures malpropres et usées. Uriss prit le premier tour de garde.

Les deux hommes restèrent longtemps sans mot dire.

— Et toi, quel est ton nom? osa demander Kaïn, lorsque la nuit fut pleine.

— Je ne sais pas, répondit l'autre.

Ce fut tout.

C'était la conversation la plus amicale qu'ils n'aient jamais eux.

◆

— Allez, lève-toi! Il faut qu'on marche!

La voix rocailleuse de Kaïn tira Uriss de son sommeil. Il ouvrit un œil : l'aube sans couleurs délavait le paysage. L'ancien roi s'appuya sur les coudes et se tourna vers Kaïn. Le colosse était déjà debout. Vu sous cet angle, il semblait aussi immense qu'une montagne.

— Lève-toi! répéta avec impatience l'homme-montagne.

— Ça va... on a toute la journée pour marcher, marmonna Uriss, en se levant lentement.

— Ça fait longtemps que j'attends que tu te réveilles, je ne vais pas patienter encore des heures!

— Je sais. Mais, tu pourrais me réveiller doucement, en parlant gentiment, ce n'est pas si difficile...

Kaïn fronça les sourcils. La notion de gentillesse lui était devenue étrangère.

— Pour quoi faire ?

— Parce que ça rend la vie plus vivable, argumenta Uriss, tout en ramassant ses affaires.

L'autre l'observa sans répondre, tandis qu'il harnachait son équipement. Au bout d'un moment, il laissa tomber :

— Dépêche-toi !

L'ancien roi poussa un soupir. Le soir d'avant, il avait eu l'espoir que les épreuves intérieures avaient adouci Kaïn, mais il dut se rendre à l'évidence qu'il n'avait pas changé. Le colosse n'hésita d'ailleurs pas à le confirmer :

— Si tu crois que les choses ont changé entre nous parce que j'accepte de te suivre, tu te trompes. J'accepte d'aller là-bas seulement pour être libéré de toi ! Si ce que tu m'as dit hier est faux, tu le regretteras...

Uriss préféra ne pas répondre, afin que la situation ne dégénère pas. Il serra les dents. Sa haine envers Kaïn était comme de la braise qui risquait de s'enflammer dès qu'on la remuait. Lui aussi souhaitait de tout son cœur être libéré de cet homme le plus rapidement possible. D'ici là, il devait apprendre à maitriser la colère qui menaçait à tout moment de le submerger. Le brouillard dans lequel l'influence de So'Ghol mettait son esprit était pour cela une sorte de bénédiction ; car, s'il s'était souvenu clairement de tout ce que Kaïn avait fait, le côtoyer aurait été carrément insupportable !

Dès qu'il fut prêt, Kaïn ouvrit la marche. Tous deux renfrognés, ils retournèrent au sommet du mont. Une fois rendu sur place, le colosse s'arrêta pour interroger son compagnon, avec un ton toujours aussi brusque. Lorsqu'il parlait, il ne regardait jamais directement Uriss. C'était comme s'il parlait aux pierres :

— Par où va-t-on, maintenant ?

Uriss montra la direction qui se trouvait devant lui.

— Il faut marcher en tournant toujours le dos à la Montagne Noire. J'ai l'intuition que c'est par là.

— Tu le sais ? Tu as seulement l'intuition ?

— Si tu as mieux que des intuitions, on peut toujours en discuter.

Kaïn chercha des arguments pendant quelques secondes, mais rien ne vint.

— Marchons dos à la montagne, grogna-t-il enfin.

Ils se remirent en route sans attendre. Après quelques dizaines de pas, Kaïn s'arrêta de nouveau, pour rétorquer :

— Comment va-t-on faire, lorsqu'on sera trop loin pour voir la montagne ? On va tourner en rond dans cette maudite contrée !

Uriss devint songeur… il n'avait pas tort !

— Je ne sais pas. On trouvera bien un moyen.

— À l'aide de ton intuition ? ironisa Kaïn.

— Oui… ou à l'aide de la tienne.

— Très drôle, siffla-t-il. Viens, allons nous perdre dans ce pays de misère.

Kaïn reprit sa marche rapide.

— Allons nous perdre, se moqua Uriss. Ça va nous occuper, il n'y a rien d'autre à faire.

Ils franchirent le faîte du mont rocheux. Ce faisant, l'ancien roi réfléchissait au problème qu'avait posé Kaïn : comment allaient-ils faire pour s'orienter, lorsqu'ils ne verraient plus la montagne ?

L'homme regarda d'abord le ciel, sans savoir pourquoi. C'était un autre réflexe dont il avait perdu le sens. La couverture permanente de nuages empêchait de voir la course du soleil, impossible de s'y fier pour se diriger. Pire : il ne se souvenait même plus de l'existence de l'astre du jour ! Aussi, rien de remarquable dans le chaos blafard qui les environnait. Il n'y avait d'ombres nulle part, car le royaume n'était qu'une grande ombre.

Uriss jetait des coups d'œil vers So'Ghol, tout en continuant d'avancer. Y avait-il autre chose qui pouvait servir de point de repère, dans cette étendue de pierres agonisant sous le poids de sa propre masse ? Il avait l'impression que la solution était tout près, qu'elle lui pendait au bout du nez...

Qu'était-ce que cette chose, qui lui heurtait la cuisse à chaque pas ? Il baissa les yeux. C'était l'objet qu'il avait pris aux rakhanes, le jour d'avant : le petit bâton tordu, avec une sphère à son extrémité, à moitié remplie d'huile dégoûtante. Pourquoi traînait-il cette saleté ? Sa vie était déjà suffisamment pesante...

Il défit la sangle de cuir qui retenait la chose à sa ceinture, et il posa un regard à l'intérieur de la sphère de verre afin de tenter d'en percer le mystère, car ne pas comprendre l'utilité de cette chose l'agaçait.

L'huile remuait au même rythme que ses pas, mais les particules sombres, semblables à des fragments de nuit, restaient collées ensemble sans bouger. Lorsqu'il secouait l'objet assez fort pour que l'amas se désagrège, il se reformait avec insistance au même endroit. Les scories pointaient derrière lui, vers la funeste montagne...

— Attends un peu ! éclata Uriss.

Kaïn se retourna et fut fortement irrité de le voir jouant avec l'étrange objet.

— Fiche-moi la paix avec ce truc !

— Non ! Attends ! répondit fébrilement Uriss. Tu vas vite comprendre...

— Comprendre quoi !? martela le colosse.

— Regarde bien.

Uriss fit demi-tour en pivotant sur lui-même, tout en gardant l'objet contre lui. Les particules noires, qui étaient agglutinées contre la poitrine de l'homme, se mirent à changer d'endroit, lorsqu'il fit face à la Montagne Noire. Elles migraient lentement sur la paroi opposée de la sphère de verre, attirées par la force obscure émanant de So'Ghol.

— Tu vois!? pouffa avec excitation Uriss. Ça pointe de nouveau vers la montagne! Ce truc... Ce truc c'est... un machin!

— Tu veux dire une boussole? mentionna Kaïn, encore perplexe.

— Oui!

— Donne-la moi.

Uriss passa la boussole nammoréenne aux mains de Kaïn. Celui-ci la déplaça dans toutes les directions. Effectivement, peu importe la façon dont il la plaçait, les infimes granules s'agglutinaient toujours en direction de la montagne.

— Ce truc est bien une fichue boussole, conclut-il, en la rendant à Uriss.

— Grâce à ça, nous saurons toujours dans quelle direction ne pas aller. Il ne restera plus qu'à marcher dans le sens contraire!

— Félicitations, répondit Kaïn, de mauvaise grâce, on risque moins de périr parce qu'on se sera perdu. Mais, ça ne change rien en ce qui concerne les rakhanes, la faim, la soif, le froid, la maladie, les blessures... Il y a encore bien des choses qui peuvent nous achever!

— Tu oublies la mauvaise humeur... Ça aussi ça tue! répliqua Uriss, sans se laisser déposséder de sa joie du moment.

— Très drôle. Finalement, avec toi, c'est de rire que je risque de mourir. Une autre blague comme celle-là et je suis fait.

Sans un sourire, Kaïn se retourna et relança la marche vers le nord, vers les collines et les montagnes qui semblaient des lambeaux d'immensité.

◆

L'ancien roi garda longtemps la boussole à la main. La joie de la découverte céda le pas à une profonde réflexion. Aux yeux des rakhanes, So'Ghol était le centre du monde. Pour eux, il était normal que les boussoles pointent vers ce lieu qu'ils vénéraient. C'était dans l'ordre des choses, car la force ténébreuse de la Montagne Noire guidait leur vie. Uriss pensa que ce devait être la même force qui faisait pivoter les nuages captifs, qui tordait la volonté des malheureux esclaves en leur suggérant de sombres pensées, qui flétrissait leur âme, en la recouvrant de cendres jusqu'à ce qu'ils oublient même leur nom. Telles les scories de la boussole, les parties de nous en affinité avec la ténébreuse montagne étaient reliées à elle et attirées par elle. C'était par ces liens que son influence nous atteignait…

Uriss sentit qu'il avait encore bien des liens de cette sorte à dénouer, avant de pouvoir prétendre à la vraie liberté! L'ancien roi le ressentit jusqu'au tréfonds de son être. S'élever au-dessus de l'influence de la Montagne Noire devait être une œuvre de tous les instants, où que l'on soit. S'élever au-dessus du règne de la laideur, comme l'oiseau, un battement d'ailes à la fois.

Ces pensées éveillèrent de nouveau en cet homme la nostalgie de la beauté du monde oublié, il souhaita ardemment avoir des ailes pour y retourner. Faire ce que personne n'avait jamais fait : sortir vivant du Nammor'Ant.

« Uriss… »

L'homme sentit une douce chaleur envelopper son cœur. Il entendit une voix féminine très lointaine, celle de Méliore…

L'ancien souverain du Lothmar s'arrêta. Kaïn hésita à l'interroger, en voyant le sérieux de son visage. Uriss se tourna vers So'Ghol, la montagne le défiait de sa hauteur orgueilleuse.

Il entendit de nouveau la voix… Qu'était-ce que ce nom qu'elle appelait ?

«Marche, Uriss! Éloigne-toi d'elle! Chaque pas est une victoire.»

L'homme resta muet, lorsqu'il se souvint que c'était son nom.

«Marche, Uriss. Sors de l'ombre, va vers la Lumière!»

Retourner vers sa vraie patrie, ne rien laisser nous dévier du chemin.

— Uriss... c'est mon nom! souffla-t-il tout bas.

L'homme tourna définitivement le dos à la Montagne Noire. Il relança la marche en prenant les devants, chaque pas tel un battement d'ailes.

— Uriss, c'est mon nom... et je ne l'oublierai plus jamais.

À suivre dans :

ORIANOR

Épisode 5 · L'an zéro

◆

Orianor, là où s'écrivent les nouvelles légendes

www.orianor.com

CIMA

www.ingramcontent.com/pod-product-compliance
Lightning Source LLC
Chambersburg PA
CBHW030635130626
46552CB00002B/858